Mírame

Antonio Ungar

Mírame

EDITORIAL ANAGRAMA
BARCELONA

Ilustración: © Carl Pendle / Getty Images. Retoque de lookatcia

Primera edición: enero 2018

Diseño de la colección: Julio Vivas y Estudio A

© Antonio Ungar, 2018
   c/o SCHAVELZON GRAHAM AGENCIA LITERARIA
   www.schavelzongraham.com

© EDITORIAL ANAGRAMA, S. A., 2018
   Pedró de la Creu, 58
   08034 Barcelona

ISBN: 978-84-339-9848-4
Depósito Legal: B. 70-2018

Printed in Spain

Liberdúplex, S. L. U., ctra. BV 2249, km 7,4 - Polígono Torrentfondo
08791 Sant Llorenç d'Hortons

Nadie a tu lado.
Anoche maté a un hombre.

LUIS TENNYSON

1

Al otro lado de los patios, en el quinto piso del número 21 de la Rue C, hay ahora una familia.

Llegaron el lunes.

Son oscuros.

Hindúes o árabes o gitanos.

Han traído a una hija.

*

La hija tiene diecisiete años y las piernas muy largas. Los otros tres parecen ser un padre y dos hermanos y todos se visten igual: bluyines casi blancos, tenis, chaquetas de falso cuero negro demasiado ceñidas. El que puede ser el hermano mayor es alto, flaco, tiene la cara angulosa y los ojos hundidos. Es menos oscuro que los demás y la mira como si la deseara pero a veces mira también el suelo. Parece un preso.

*

Un diario en el que anotes cada cosa que te pase. Un diario, eso te ayudará. No dejes nada afuera, dijiste. No escondas, nadie más que tú lo leerá. Eva, mi adorada Eva, hermanita dulce, destinataria única de estas palabras, muerta demasiado pronto. Lo dijiste el primer día del primer año de la secundaria, tú luminosa y triste, yo a tus pies. Un diario, eso te ayudará.

*

El baño está sucio. No lo limpio desde anoche y ya puedo imaginar los gérmenes preparándose para salir de sus huevos. Entre las ocho y las ocho y cuarenta y cinco minutos lo limpiaré, lo perfumaré, lo haré brillar. Te harían sentirte orgullosa, mi brillo y mi olor, Eva mía, si estuvieras viva.

*

Escribí cada minuto de lo sucedido ayer entre las once y las doce de la mañana. La preparación de las verduras hervidas y de las horneadas, el lavado de los platos, de la olla, de la bandeja, del vaso, la medición de la sal en el salero y de la pimienta en el pimentero y del arroz y de los cereales en sus frascos transparentes. Las palpitaciones del corazón al ver cómo el trabajo del día se acumulaba. Después solamente trabajé, hasta las tres y trece de la madrugada, hasta masticar las verduras mirando el papel de colgadura con formas geométricas (rombos en colores pastel, diamantes grises, círculos amarillos) repitiéndose al infinito como tu sagrado nombre en este diario, Eva de mis dolores.

*

Son las tres de la mañana y ya debería estar durmiendo pero sigo mirándolos a través de la franja de luz que dejan las cortinas casi cerradas. A las doce de la noche, mientras los demás dormían, la hija, la morena, salió al balcón y les echó agua a unas materas que parecen no tener más que maleza seca. Se vio más joven así: con una camiseta sin mangas como las que usan los basquetbolistas pero blanca y de algodón, tal vez de uno de sus hermanos. Me alejé de la cortina antes de verle los pezones, que existían.

*

Hoy el teléfono sonó a las nueve y trece de la mañana. Una empresa holandesa quiere que traduzca un folleto de comidas congeladas. De la versión en inglés al francés y al alemán y al castellano. Pagan tres mil euros y son treinta páginas con ilustraciones. Me buscan porque cobro una tercera parte de lo que cobran los demás y soy preciso y tengo experiencia. Acepto.

*

13

La joven oscura guardó monedas y un billete azul bajo el cojín del sofá ¿escondiéndolos del que parece ser su padre?, ¿de los que parecen ser sus hermanos?, ¿de unos ladrones a los que teme como si estuviera todavía en Calcuta o en El Cairo?

*

Se volvió a poner la blusa sin mangas y a través de la franja de mi cortina no pude evitar ver la redondez de sus hombros y más abajo, ahora en la realidad, sus pezones jóvenes. Me lavé con agua fría el cuerpo entero, fregándome hasta que la piel me ardió, libre de toda suciedad. Me tomé dos miligramos de Clonazepam para evitar pensar antes de estar dormido (para evitar tener sueños en los que ella pudiera mirarme con sus ojos negros muy abiertos).

*

Se llama Irina.
Diecisiete años, sí.
Me lo dijo la rumana de la tienda.
Irina, esa criatura oscura, como si fuera rusa.
No puede ser.
Está claro que son criminales, sus hermanos, y parecen estar tramando algo ¿Un robo? ¿Una estafa? ¿Un asesinato?
Con los binoculares lo pude ver todo anoche. Mientras los hombres hablaban (con las jetas muy cerca una de la otra, agachados sobre la penumbra de

la mesa cuadrada, como la jauría de perros hambrientos que son), ella pasaba un trapo por el mesón de la cocina. Parecía oírlos pero también parecía no querer estar, estar en otra parte.

*

Estuvo barriendo las colillas que habían dejado los hombres.

Miró el suelo, mientras barría, pero seguía sin estar ahí.

Sus pensamientos siempre parecen estar en otro lado, fuera de la ciudad, fuera de los campos verdes de la vieja república, en las selvas o en los desiertos de los que han venido.

Cerré la cortina.

*

Esta mañana me tomé una pastilla de Ritalin. Me la recomendó un farmaceuta del número 2 de la Place du DM. Es paquistaní pero se cree ciudadano. Se aburre, no tiene clientes, y así es mejor porque siempre dedica el tiempo que sea necesario para escoger la pastilla que mejor se ajusta a mi cuerpo.

*

En el supermercado grande, al que me niego a entrar, hay cada vez más oscuros, vendiendo y comprando. El barrio se está vaciando de personas y hace tiempo que se ensucia con esa avalancha que ya no se irá ni descansará hasta ensuciarnos a todos.

*

Irina, la niña morena, se tiñó de un rubio casi blanco los últimos centímetros del cabello negrísimo.

Se viste casi siempre con sudaderas grises o rosadas o doradas y calza zapatos deportivos de suela muy alta que le deben costar demasiado dinero o poquísimo. Tiene tatuado un escorpión en el cuello, bajo la oreja derecha, y cuando sale a la calle se pone viseras como de músico negro o de deportista negro, una distinta cada vez, y cadenas doradas alrededor del cuello.

Dentro de la casa, en cambio, no es la misma. Siempre está jorobada, flaca, silenciosa, siempre es menos que los hombres. Come carne muy asada, papas fritas, hamburguesas, comida árabe o china que trae de la calle en cajas blancas. Se pasa la tarde contemplando los vidrios sucios de las ventanas, como si pudieran reflejarla, como si al otro lado no estuviera la fachada gris desde donde la miro. Está sola y rodeada de lobos.

*

Anoche su padre la tocó.

Tiene que ser su padre, el gordo.

Irina, jorobada, fuerte, con los pensamientos en otra parte, estaba lavando la losa que habían ensuciado esos que parecen ser sus hermanos y anoche también los amigos o los primos de esos hermanos. Estaba vaciando los ceniceros y los vasos que debían oler a mal aliento y a alcohol de oriente, a caries. Lo vi todo de muy cerca, a través de los binoculares. No pude dormir, después, y hoy tuve que darme una lección, trabajando sin desayunar ni almorzar hasta las cinco y treinta de la tarde. Así fue. Pasó despacio por detrás, el viejo gordo, su padre, y metió esa garra de gitano o de árabe o de turco en la blusa sin mangas e intentó apretar uno de sus pezones. Ella lo quitó de un codazo pero vi (también desde mi penumbra, en la tensión de su cuello) que le tiene miedo. Después la bocota se acercó a esa oreja pequeñísima y le dijo algo con una sonrisa de dientes pequeños mientras ella tensaba mucho las mandíbulas, y después ese perro le metió la misma mano sucia de toda suciedad entre el pantalón de la sudadera, por delante, sujetándole la cintura con la otra.

*

Por la mañana estuvo mucho tiempo en la ducha. 825 segundos en lugar de los 698 de media. Vi el vapor saliendo por el vano pequeñísimo que está a la derecha de las ventanas de la sala. Olí desde mi lado del patio esa mezcla húmeda de jabón y champú y lo que debe ser crema para mujer joven. No es posible que lo haya olido realmente, estando tan lejos, con el aire sucio de la ciudad en medio, pero lo olí y también pude sentir la humedad fina del aire.

Después los vapores amargos de repollo y de carne de cordero y de manteca ahumada saliendo de las cocinas de los otros inmigrantes lo arruinaron todo y me pasé el resto de la mañana, de mis únicas vacaciones mensuales, quitando esa peste oriental de las paredes con esponjilla y lejía. Lo conseguí pero estoy exhausto (olí cada centímetro, muy despacio, al acabar).

Envié las traducciones del catálogo dos días antes de la fecha prometida y a quienes las pidieron les gustaron y pagaron a tiempo y todo está en orden, así es que esta noche me permitiré tener sueños. Mi voluntad no está todavía tan desarrollada como para saber qué habrá en esos sueños, así es que seguramente habrá solamente uno en el que el cerdo estará metiendo su garra blanca, sin pelo, llena de anillos, entre los muslos de la niña morena.

*

La describí, aquí mismo, con palabras, ayer, nada más despertarme.

Su cuerpo, todo.

Letra por letra.

Al hacerlo ella se convirtió en otra cosa (en su cuerpo) y yo me convertí en algo mucho peor de lo que soy, y todo entre los dos se ensució.

Mientras picaba unos pepinos cultivados en las fértiles tierras de la vieja república, impecables, me corté los dedos índice y corazón de la mano izquierda. Un tajo largo, ancho, perpendicular. Me quedé muchos minutos mirando esa sangre tan líquida saliendo de la carne abierta y cayendo sobre la tabla, mezclándose con el agua y el jugo de los pepinos, dibujando curvas en movimiento como si fuera un reptil vivo.

Después lavé la herida, hasta el fondo, desinfectándola, y dejé los dedos vendados y muy apretados. Boté toda la comida en una bolsa y bajé la bolsa al vertedero del andén.

*

Es su padre. El gordo sí es su padre, no lo he imaginado. Y los otros dos sus hermanos. Me lo dijo la rumana desdentada de la tienda de comida sin que yo se lo preguntara. Me dijo también que son paraguayos (de un país llamado Paraguay, en Sudamérica) y que nadie sabe a qué se dedican y que escupen en la calle y que había tenido que quitarle al más joven una lata de atún y otra de tomates picantes que quería robarse.

Me dijo también que son todos iguales, los sudamericanos. No tiene derecho a decirlo ella, que es rumana y habla como habla, aunque tenga razón. Pero yo no nací ayer y no le creo. No son sudamericanos. No se llamaría Irina, si fueran sudamericanos. No tendrían cara de gitanos ni de árabes ni de presos orientales, sino de indígenas sudamericanos o de españoles.

Después de las aclaraciones no pedidas pensé que no debería comprarle más comida a la rumana. Pero no hay más tiendas, en diez cuadras a la redonda. So-

19

lamente esos otros mercados, oscuros, infestados de orientales, olorosos a curry y a canela, llenos de plástico chino y de ropa barata y de latas vencidas y vegetales podridos.

Estuve a punto de gritárselo en la cara y lo hice, pero en mi cabeza: que se callara de una vez por todas, que su antro no olía mucho mejor, que la luz de los pocos ciudadanos que todavía entrábamos no era suficiente para limpiar la sucia oscuridad de los orientales. Pero ella huele a ajos y tuve que respirar por la boca cuando abrió la suya, con tres dientes de caballo, cuando se acercó mucho a mi cara y me guiñó el ojo diciéndome: «Irina es una joven muy simpática, pero eso ya lo habrás notado.»

No merezco esta calle, ni este barrio, ni esta ciudad enferma y con las piernas siempre abiertas.

*

Volví a soñar con la mano áspera de ese criminal analfabeto abriéndose paso, como un reptil musculoso, ombligo abajo, muy rápido, hasta las sombras que hay en las bragas de Irina, como si quisiera apretar a un pajarito que está ahí escondido. Me desperté con mucha sed y de camino al baño tuve que detenerme y me quedé hasta la madrugada mirando las ventanas completamente oscuras de su apartamento.

*

Suena otra vez el teléfono.

Esta vez una empresa nacional quiere traducir toda la publicidad y los folletos para una marca mundial de estilográficas de lujo. Plumas de oro y maderas raras y piedras brillantes, que venderán a cientos o miles de euros cada una. No me gusta el lujo, no pienso arrodillarme ante el lujo. Digo que no y me siento muy bien.

Hace seis años y diecisiete días que no uso el internet.

El internet es el basurero del mundo y no me gusta escarbar en la basura.

Quienes quieran mis traducciones, que llamen, una sola vez.

Y si no tienen pereza, que manden también una carta.

*

Me gustan los objetos, el peso real de la materia, los contornos definidos que separan todo lo que existe del vacío. Los pimentones que me ha vendido la rumana tienen tamaños distintos, hay tres rojos, tres amarillos y tres verdes. Uno tiene un hueco minúsculo por el que debe haber entrado un insecto o un gusano que me espera. Tendré que salir para devolvérselos.

*

Han estado toda la tarde sentados a la mesa, el viejo y los dos vástagos de la Rue C, los hermanos de

Irina (en mis ojos, en los binoculares del cajón oscuro, que huelen a cuero mal curtido). Han estado fumando cigarrillos baratos, tomando un líquido blanco que debe ser un anisado pobre o un aguardiente mucho peor.

El viejo ha hablado poco, los ha escuchado, con gesto aburrido, y solo se ha movido para agarrar la muñeca de uno de los vástagos, que pretendía hacerse con algo parecido a una factura (los lentes de los binoculares acercan pero no pueden vencer la penumbra llena del polvo suspendido en esa pocilga).

Mientras los hombres hablan, Irina limpia el mesón de esa cocina abierta, a sus espaldas, sin mostrarles la cara pero sintiendo los ojos de perros recorriéndole el cuerpo, aburridos, distraídos, como si fuera inevitable.

Se va a dormir antes de que el viejo se ponga de pie.

La imagino cerrando la puerta con seguro, dentro de una habitación que debe ser minúscula.

La imagino también quitándose la blusa sin mangas, mirándose el ombligo y los hombros en un espejo sucio.

*

Me he lavado los dientes hasta sacarme sangre y después he hecho buches con jabón y después con alcohol. He estado a punto de darme por vencido, de pensar en ella, en todo lo que es, en todo lo demás: a punto de definir otra vez su cuerpo entero.

He podido evitarlo.

22

Sin darme golpes.

Han sido suficientes los movimientos del brazo y de la mano y del cepillo de dientes al final del brazo y de la mano, dentro de mi boca. Y el sabor y el dolor en esta boca.

Y ha servido también el diario, claro, describiéndolo todo.

*

Sueño con ella. En el sueño sus tetas, que nunca veré, son grandes, obscenas, demasiado blancas. Me dan asco pero ella me hace tocarlas con la mano abierta, me fuerza, mirándome a los ojos con los suyos siempre serios, y cuando por fin toco y regreso a su cara, me doy cuenta de que tiene las cuencas de los ojos vacías.

Me despierto sin hambre y me pongo a la tarea de traducir las instrucciones de uso de veinte productos comercializados por una distribuidora nórdica de partes mecánicas que me mandó una carta ayer. La noticia de mis precios bajísimos se sigue esparciendo como la hiedra.

Subo el volumen de las distorsiones en el radio mal sintonizado de la sala. Miro las imágenes de alta definición de bujías perfectas y pernos y tubos brillantes. Consiguen desplazar por unas horas el olor acre de las pesadillas.

*

Irina duerme en su sofá, boca arriba, vestida con un pantaloncito corto muy ajustado, amarillo, y una camiseta blanca con las letras LOL en dorado. Tiene las piernas ligeramente abiertas, como la niña que es. Viéndola a través de los binoculares no siento ninguna urgencia sexual.

Parece estar sufriendo, en el sueño, como si trajera de Sudamérica recuerdos peores que los nuevos (peores que los de su padre tocándola, que los de su cuarto sin ventanas). Mueve la cabeza, suda, por fin se despierta con las manos apretando la tela que cubre el sofá.

Se queda así, boca arriba, con los ojos entreabiertos fijos en el cielorraso, durante veintisiete minutos más, sin mover un músculo.

Cuando siente pasos de lobos acercándose se refugia en su cuarto.

*

El farmaceuta paquistaní de la Place du DM me ha dicho que no puedo mezclar en una misma noche dos miligramos de Clonazepam con dos de Alprazolam y uno de Diazepam. Corro el riesgo de morir de un infarto en el sueño. No sabe hacer su trabajo ni conoce mi cuerpo ni tiene derecho de hablar mirándome a la cara, pero la desesperación me obliga a decirle que sí. La penumbra sucia de su farmacia es también la del barrio, la de la ciudad caída sin remedio, de rodillas, condenada a ser el botín de la invasión del Este.

*

Veo tus fotos todavía, como todos los días veinte de cada mes. Estás tan joven con el pañuelo cubriéndote la melena color de miel, frente a esa iglesia en algún pueblo del norte, mirando a la cámara, libre de toda preocupación, todavía no contaminada por la pobreza ni por la violencia ni por el olor amargo de los hombres.

*

¿Qué sería de la salud social sin la industria farmacéutica?
¿Qué quedaría de la cultura?
¿Qué de la vieja república?
¿Qué de la civilización?
Nada de nada.
Despojos.
Nuestros restos ya fríos pudriéndose al sol.

*

Hace tres días que el viejo paraguayo y sus hijos no pasan por el apartamento. Deben estar cometiendo un crimen o visitando a otros criminales en el Paraguay. Irina parece más sonriente y sale del baño llevando puesto un calzón muy blanco y nada más. Tiene las piernas muy largas, muy morenas. Tiene los pezones más oscuros que la primera vez.
He cerrado todas las cortinas, todas las persianas,

25

me he metido en la cama a las cuatro en punto de la tarde. Así he entrado en cuarentena. No pienso ponerme en pie durante tres días, que ayunando me parecerán treinta. Como si estuviera de rodillas, como si tuviera que recorrer un camino empedrado de rodillas hasta olvidarlo todo.

No pienso ingerir tampoco ninguna de las fórmulas que generosamente ha puesto a mi disposición la industria farmacéutica mediante las garras peludas del paquistaní avaro.

Me curarán el silencio y el dolor y la quietud absoluta.

Y el diario, por supuesto, estas palabras en las que no hay escondite posible, después.

*

Está goteando el calentador de agua.

No tendré más remedio que llamar a un asiático para darle un dinero que no se merece y aguantar su olor mientras lo arregla.

*

Su nombre es Irina, sí, y ha nacido en un pueblo llamado Pozo Colorado, en el país llamado Paraguay, en Sudamérica. Me lo dice otra vez la rumana desdentada, sintiéndose unida a mí por esa información que a mi pesar circula entre los dos. Puedo ver en el fondo de su mirada una risa escondida (como si hubiera nacido aquí, en mi ciudad, y no allá, en la suya) y siento ganas de quitársela a golpes. Nunca he golpeado a una mujer pero puedo imaginar perfectamente el ruido de mis nudillos rompiéndose contra esos huesos, la pulpa de la carne abriéndose, los gritos de pánico, mi respiración entrecortada. No es necesario castigarme por tener pensamientos así. El final del mundo se acerca.

*

Llegó a la república cuando tenía quince años, Irina. Vivió seis meses en un hostal para refugiados (imagino un edificio abandonado y oscuro, repartido en cubículos, como un gran establo vacío). Sin amigas ni parientas, sola, con los tres hombres de su familia, con sus olores y con sus gruñidos.

Tal vez ella también extraña a una madre o a una hermana muerta.

*

Aprende secretariado en una escuela técnica para señoritas. Aprende secretariado y soy yo el responsable. Junto a la vitrina de la farmacia de la Place du DM descubrí los folletos amarillos, apilados. El tercer lunes del mes me llevé la mitad, sabiendo que no sería el farmaceuta oscuro quien pudiera detenerme. Entré al edificio de Irina, casi tan ruinoso como el mío, con la fachada descascarada y el empedrado roto y el portón siempre abierto, y dejé cinco folletos frente a su puerta.

Temblé, como si estuviera tocando su mano. Dejé los treinta y dos papelitos sobrantes en la larga superficie blanca de la caja registradora, en la tienda de la rumana, a las diez y tres minutos de la mañana, a plena luz del día.

*

Irina pica el anzuelo.

Solo pasan cinco días hasta que por fin sale, perfumada, peinada, muy temprano. Regresa a medio día, con una cara de dicha que nunca le había visto. Cree que eso la va a sacar del barro.

Secretariado, en una escuela muy seria y casi gratuita en el Distrito O, así me lo explica la rumana.

*

Los paraguayos traman algo.

Tienen armas.

Dos pistolas que dejan sobre la mesa toda la noche.

Ella se acuesta temprano y seguramente cierra con doble seguro su puerta porque sabe que los lobos están hambrientos y alguien como yo, menos que una mirada, no hará nada para impedir un ataque que tarde o temprano llegará.

*

Se han emborrachado.

Hasta las tres de la mañana ella les ha servido trozos de carne de cerdo muy asada intercalada con tragos largos de un ron barato que sale a comprar sola. Tres botellas. Todos parecen disfrutar del aire que se desplaza cuando ella se acerca a la mesa. Puedo ver los ojos enrojecidos y adormilados por efecto del alcohol, puedo ver los cuellos venosos y las manos peludas, a través de mis binoculares.

*

Espero en la terraza del café que está al lado de la tienda de la rumana. Temblando otra vez, sabiendo que estoy saltando al vacío y que regresar a mi cuerpo puede ser imposible. Una hora y siete minutos espero, ido de mí pero también sorprendido por el silencio perfecto que hay en mi cabeza. Una hora y siete minutos así, sin pensar nada, hasta que su cuerpo esbelto pasa cubierto con algo que se parece a un vestido (amplio y cortísimo en las piernas, en los muslos, muy ceñido de la cintura para arriba, de tela de ropa deportiva, con mangas largas también ceñidas y terminado en una capucha también blanca, demasiado grande, de la que salen los dos cablecitos que se meten bajo la tela del pecho y que llevan música hasta sus orejas, pequeñísimas, perfectas).

Puedo ver los ojos de los hombres oscuros sentados en una mesa junto a la mía, buscando pliegues de piel bajo su falda. Antes de que gire, con ese paso firme, indiferente, que está más allá del odio o de la tensión, veo la palabra Adidas impresa en amarillo, en la espalda. Después su cintura desaparece detrás de los mesones de las frutas y el cuerpo entero es tragado por la tienda oscura de la romana.

*

Como si estuviera en otro día y en otra calle, yo también camino pasillo adentro hasta los refrigeradores. Ahí está, de espaldas, comparando precios de pizzas congeladas, cuando me mira. Sé que me mira, que puede ver mi reflejo en el vidrio opaco de la nevera, y sé también que me sonríe. Muy quieto, ordenándole a mis piernas que se muevan sin conseguirlo, como en la mejor de las pesadillas, la miro yo también.

No puedo salir corriendo. Me ahogo antes de moverme. Se ha dado la vuelta. Me ha visto o no me ha visto, antes, pero ahora, inevitablemente, me encuentra bloqueando el pasillo y se ríe de mi cuerpo quieto como un bulto, de mi ropa, de mi cara, de mi raza, de mis ojos asustados. Su sonrisa, blanca, rescatada de la oscuridad de la capucha por las luces de neón de la tienda, brilla desde otra realidad, a un ritmo distinto, con una nitidez mayor. Me mira de arriba abajo como si me imaginara, como si estuviera haciéndome al mirarme, e inmediatamente me desprecia.

*

He dormido mucho más de lo necesario.

Es el Día Internacional de los Trabajadores y me han despertado los berridos de los obreros orgullosos de serlo. Cantan loas a su miseria, a la fuerza de sus mazos, a su imbecilidad, todos a uno, en coro, amenazando con incendiar este mundo que ya no les pertenece y que desde hace tanto tiempo no les tiene miedo. Detesto esa fiesta como detesto todas las otras fiestas, pero un poco más. Cierro las ventanas y enciendo el radio, a todo volumen, sintonizando una emisora que pone lo que parecen ser baladas con arreglos para órgano eléctrico, como de consultorio de dentista.

*

Consigo no recordarlo, no ahí, ni ayer ni hoy, lo que pensé mientras me alejaba a toda velocidad por la acera, tragándome todo el aire y sudando, después del encuentro fallido con Irina: que escondida en su mueca había algo de compasión. No es cierto, lo supe ayer y antier y lo sé también ahora. No hubo compasión alguna sino un desprecio perfecto, total. Ella evitó tener que acercarse y se fue por un pasillo lateral y yo me di cuenta, demasiado tarde, de que mi cara se había tensado en una sonrisa dolorosa.

*

Las noticias de las islas lejanas nunca me han interesado y ahora me interesan menos.

Hoy, como todos los domingos, he caminado hasta el puesto de revistas que hay en la esquina de la Rue de B con la Rue de S y he comprado la edición completa del más grande de los periódicos nacionales. Como

31

siempre, en el trayecto de regreso he estado imaginando la mecánica del mejor de mis rituales.

Ya lo conoces de sobra, el ritual dominguero.

1) Poner en la caneca, sin siquiera abrirlos, sosteniéndolos entre el índice y el pulgar, los cuadernillos sobrantes: deportes, economía, cultura, espectáculos, ciencia. Botar también las noticias de las islas lejanas, grandes y pequeñas.

2) Respirar muy hondo y abrir de par en par sobre la mesa de formica naranja de la cocina ese papel áspero y frío de las noticias nacionales. Los bordes perfectamente paralelos a los de la mesa.

3) Trazar los ángulos con precisión y deshacerme poco a poco del papel sobrante, en líneas muy rectas, viendo cómo van quedando siluetas de figuras geométricas que parecen querer decir algo, que parecen tener un sentido aunque no lo tengan.

4) Poner delicadamente sobre una de las cuatro sillas los últimos desechos: noticias de autopistas a medias, de políticos y sus planes, de presupuestos, de iniciativas y precios. Editoriales de los comentaristas nacionales.

5) Lo que queda del papel distribuido con la perfección de la experiencia son los títulos, los encabezados, las letras grandes y pequeñas, nunca las fotos.

6) Seguir cortando. Con la navaja y la regla, directamente sobre la mesa. Frases, primero, dejando en los paralelepípedos de papel ventanas a la formica color naranja de la mesa. Después trozos enteros de párrafos.

7) Hacer lo mismo, inmediatamente después, con los encabezados, mutilando hasta llegar al título.

8) Del título, al final, cercenar también lo que no es necesario.

9) Cortar más, casi todo, hasta que no queda más que una colección de palabras sobre la mesa.

10) De esa colección de rectángulos muy pequeños desechar las palabras que sigan pesando, hasta que queden solo dos o tres o cuatro.

11) Con mucho cuidado sacar la caneca de latón de uno de los estantes bajos y meter ahí todos los sobrantes. Todo el papel, menos las dos o tres o cuatro palabras sacadas de los títulos, que han quedado flotando sobre el fondo naranja de la mesa.

12) Esperar a que sean las 11.13 y llevar la caneca al rincón del patio de ropas, pasar una mano por la ventanita minúscula y colgar la caneca del gancho ya dispuesto sobre el vacío. Regar con alcohol los trozos de papel dentro del latón y prenderles fuego.

13) Emocionado, como cada domingo a las 11.15, ver por el vano estrechísimo el humo que sube por el patio y que se pierde en el rectángulo perfecto del firmamento.

14) Dejar la caneca humeante colgando afuera.

15) Llevar las palabras escogidas entre las yemas de tres dedos hasta el estudio y guardarlas en el frasco de vidrio con tapa que alguna vez contuvo los duraznos en almíbar de mamá.

*

Queda poco tiempo para que todo desaparezca. Porque desaparecerá, todo, sin remedio, Eva mía: Irina y yo y la tienda y los otros cuerpos de la tienda y los cuerpos de la calle. La ciudad entera. Todo lo que conocemos, arrastrado por la gran corriente de los tiempos nuevos. No deliro, hermanita. Ya me entenderás. Ya me entiendes, pero tendré que repetírtelo llegado el día N, el final de todo lo conocido. El día N. Empezando en el campo, en mi granja, en el centro frío de mi granja, de la que todavía no puedo hablarte, y expandiéndose como una explosión de la que seré yo el único responsable.

*

La escalera huele a tocineta, a cebolla freída, a bistec.

Pongo un tapete doblado sellando la ranura bajo la puerta, hiervo hojas de eucalipto en tres ollas grandes, limpio el piso con agua y lejía, las cenefas con detergente, los muros con un jabón suave como el champú, los mesones de la cocina con jabón para loza y los baños con todos los químicos que siempre necesitan. Cuando abro la ventana de los patios lo arruino todo. Un olor a curry picante y grasa de mala carne sale de alguna pocilga de inmigrantes y no me queda más opción que tomar la llave escondida en el cajón de la mesita de roble, mover de una patada el tapete doblado y salir caminando lo más rápido que puedo, con la boca abierta, hasta el consuelo del pasto recién cortado en el Parc de LV.

*

Pasan nueve minutos desde que acabo el último encargo. Suena el teléfono. Como si pudieran verme. Una voz quiere que traduzca del inglés un manual sobre cómo cuidar mascotas. Perros y gatos. La voz representa a una editorial que distribuye material veterinario y folletos para que los dueños de animales sepan comportarse. Me demoro siete segundos más de los necesarios en contestar. Digo que sí solamente cuando entiendo que hacerlo me permitirá pasar varios días con la cabeza enteramente ocupada en las palabras, en las letras, en las preposiciones y en los artículos, en los tiempos de los verbos, en la simple y honesta mecánica del lenguaje (y en sus silencios blancos, tan distintos del cuerpo vivo de Irina).

Ofrezco diez días para hacer la traducción, que seguramente serán seis. En el buzón de mi apartamento, le digo a la voz. Sí, en un sobre bien cerrado: contrato, indicaciones y texto impreso. Misma tarifa, sí, dinero a consignar directamente en el banco. Factura en el buzón también.

*

Hoy necesito ese dolor, el más dulce, el que solamente Irina puede darme. La espero, como un suicida perfecto, sentado en la terraza del café. Pido agua con gas. Cuando por fin aparece, a las once de la mañana, agradezco el efecto que el Ritalin y el Adderall

35

tienen sobre mis nervios, la manera en que aguzan la mirada y dominan el pulso.

Viste zapatos deportivos negros muy grandes con cordones sin amarrar y un pantalón de sudadera gris de algodón que se ajusta mucho atrás, sobre sus nalgas, con líneas doradas que suben a ambos lados de las piernas. Se ha puesto también una chaqueta negra, muy ceñida, con una cremallera plástica dorada intencionalmente ancha, y oye música en unos audífonos grandes y felpudos, rosados. Se ha cogido el pelo en una sola trenza alta que sale desde la coronilla tatuada y baja hasta la mitad de la espalda. Tiene un arete, uno solo, la imitación de un diamante, en lo más alto de una de sus orejas pequeñísimas.

Desde el café, sentado en la terraza, del otro lado de la calle, mojándome con la llovizna, veo cómo recorre las neveras de congelados y de los quesos y de los jamones, cómo se pierde al fondo y regresa con tres panes de molde. Después, en los escaparates que ha puesto la rumana en la calle, escoge un racimo de plátanos medio verdes, cinco manzanas pequeñísimas y veinte tomates demasiado maduros. Paga con un manojo de monedas, como lo haría una niña. No le sonríe a la rumana ni se quita los audífonos. Se va camino de su apartamento sin mirar a nadie y yo me voy al mío, igual pero más rápido.

Protegido por la oscuridad del estudio la miro. Guarda para el día siguiente lo comprado, descongela dos pizzas en el microondas y abre un poco la ventana. Lo que oigo (lo que oye Irina) es una música sin instrumentos ni voces, electrónica, supongo que de discoteca europea, pero mezclada con música que suena tropical, sudamericana seguramente. Tiene de fondo un ritmo continuo de bajos que parece imitar el ritmo de los tambores selváticos o de un coito. Irina prende el calentador que hay entre la sala y la cocina y se quita la chaqueta negra. Debajo tiene una camiseta rosada, con las letras mayúsculas DG impresas en negro. Se quita también los zapatos, las medias, que son blancas y están perfectamente limpias.

A las 3.04 de la tarde llega su padre, acompañado por los dos lobeznos. Ninguno la saluda, los tres se sientan a la mesa para esperar la comida. Veo cómo desde la cocina ella prefiere ponerse de nuevo los audífonos para evitarlos. Mientras sirve las pizzas y pone botellas de cerveza y los vasos, el viejo y el que parece mayor entre los jóvenes la olfatean y le miran el culo.

*

Hay otro mundo, paralelo, en el que yo soy feliz y ella no es paraguaya, en el que Europa no está en cenizas, en el que el final no está cerca, en el que vivimos juntos y ella espera pacientemente a que yo me duerma, consintiéndome la cabeza, todas las noches, en el que me despierto bajo la luz del cielo azul todas las mañanas.

*

Se levanta muy temprano, se baña, va en toalla hasta la sala, esconde dos billetes grandes en su caleta del sofá y sale a regar las matas muertas. Ya adentro, se queda como siempre, paralizada, demasiado tiempo con los ojos fijos en la ventana. Hoy se pone los audífonos grandes, mueve los dedos pulgares sobre la pantalla de su teléfono portátil y mueve la cabeza arriba y abajo al ritmo de esa música que yo no puedo oír, durante una hora y ocho minutos. Y después desaparece por el corredor. No sale de su cuarto en todo el día y sus parientes nunca llegan.

*

La tienda queda en el Distrito K, en la Rue de R y se llama El Especialista.

El que atiende es un señor de unos sesenta años (el especialista), tan cordial como para dejar espacio a mis preguntas y darme explicaciones que no me interesan. Lo primero que pido es una cámara que tiene en la primera vitrina, una cámara tan pequeña y plana como un botón. Y después, ya dejando volar la imaginación, un set de cinco micrófonos, dos cámaras todavía más pequeñas, un sensor para saber cuándo entran y salen cuerpos de un espacio.

Me dice que la tecnología de las cámaras inalámbricas en vivo es muy reciente y empieza a hacer una reseña de lo que llama «aplicaciones». Dejo de oírlo. Se ve que está feliz de tener por fin a alguien con quien compartir su pasión, pero no soy un terapeuta. Miro el reloj. El tipo parece acostumbrado a que sus clientes se harten de sus explicaciones (poquísimos, sus clientes: por lo visto espiar ya no es tan popular como cuando era mucho más difícil hacerlo). Sonríe a pesar del orgullo herido, deja de mirarme y dice que debo comprarle también un software de edición de video, un disco brillante para meter en el computador, si quiero que todo funcione como debe funcionar.

Obedezco. Salgo de la tienda dichoso, caminando con la barbilla muy alta y dando grandes pasos, como un niño, apretando bajo el brazo ese juguete nuevo que promete traerme toda la felicidad que soy capaz de contener.

*

Enceguecido por la dicha, así, niño efímero, aprovecho para comprar también tres pelucas nuevas en la Rue de S y dos gafas negras de segunda mano en el mercado de LM, que procedo a hervir en la cocina para matar todas las bacterias.

A las cuatro de la mañana, mientras Irina duerme, en medio del silencio que me regala el barrio antes del amanecer, instalo la cámara de mi ventana. La pego por fuera, sobre una caja plástica, gris, insignificante, que esconde terminaciones de cables eléctricos o telefónicos. Sigo las instrucciones del folleto y me paso cincuenta y cinco minutos con los ojos fijos en la pantalla del computador. Como siempre, los paraguayos han dejado encendida la luz de la sala-comedor-cocina. Directamente desde el computador puedo triplicar el tamaño de los objetos haciendo zoom y puedo mover la cámara treinta grados en cualquier dirección.

Tienen pocas cosas medio rotas, como recogidas

en un basurero, como salvadas de un naufragio. Porcelanas desportilladas de perros azules y rosados sobre un televisor de hace veinte años; una carpeta sucia sobre una mesa de centro de sala rallada; el sofá (morado, de terciopelo raído); una mesa rectangular de formica manchada para seis comensales en la que Irina ha puesto un plato con frutas; dos tapetes que fueron amarillos; una lámpara de pie torcida; dos afiches de paisajes suizos, como de sala de espera. El teléfono está puesto sobre tres directorios telefónicos de papel, de esos que ya nadie usa, directamente sobre el suelo. Haciendo zoom, al fondo alcanzo a ver la puerta medio abierta del único baño.

A las dos y diez de la mañana la luz se apaga. No alcanzo a ver la mano que lo hace. A las siete, todavía medio dormida, Irina va a la cocina, pone a calentar agua y se sienta en el comedor a mirarse las uñas cubiertas con esmalte blanco. Cuando el agua hierve prepara un café instantáneo y camina hasta la ventana, a pesar del frío y de llevar muy poco puesto. La abre, se despereza, olfatea el aire como un conejo recién salido de su madrigada que descubre la luz del día.

*

A las nueve toma la línea 7 del metro, se baja en la estación de PE y camina hasta la Rue DR, en donde entra al edificio de concreto gris del número 25, con una placa en la puerta en la que dice *Academia de contabilidad y secretariado Saint-Just, 1953.*

La espero en una esquina, caminando de un lado

al otro, mirando el suelo. Sale a las doce muy sonriente, va hasta un café en el número 3 y se sienta en la terraza. Pide un expreso y se fuma dos cigarrillos rubios mirando a los niños que entran al Jardin V. No sabía que fumara, no sabía que pudiera maquillarse ni que tuviera faldas y blusas. Casi parece una secretaria real, ahí, sola, dejando que la brisa le meza el pelo brillante y bien peinado.

De regreso al barrio pasa por la tienda de la rumana y compra arroz, fríjoles, cebollas, ajos, tomates demasiado maduros, pimientos arrugados, un frasco de ají. Después visita una carnicería de marroquíes o argelinos y compra una bolsa grande llena de cubos de carne. Sin ningún asco entra también a una tienda de rumanos o de croatas o de búlgaros, lo mismo da, para llevar manteca de cerdo. Llega al apartamento antes de las dos y, por primera vez desde que la conozco, cocina. Una frijolada picante, burda como un puño, que puedo oler desde el estudio.

Puedo ver en la pantalla las perlas de sudor en su frente, sus manos de dedos largos cortando torpemente los vegetales, la sonrisa satisfecha cuando entran los otros tres al apartamento. No dicen nada, en la mesa. Comen como siempre, en silencio, hasta que el padre empieza a hablar mirándola con ojos neutros. Desde la distancia me parece que le hace preguntas. Cada uno está en una cabecera, los dos hermanos a los lados. Ella no responde. Evita mirarlo, mueve un pie impaciente bajo la mesa y los fríjoles en el plato hasta que no aguanta más y se levanta para recoger la loza.

Cuando regresa de la cocina y ya tiene la segunda tanda de loza sucia en las manos, sin mediar palabra, el gordo se pone de pie y le da un manotazo en la cara. Los platos se destrozan en el suelo. Ella deja un momento la mirada baja, adolorida. Pasan menos de cinco segundos y la levanta de nuevo, ahora con una expresión de desprecio, de asco. Temblando de rabia, el viejo levanta el brazo otra vez y deja la mano suspendida en el aire, intentando someterla con sus ojos de hierro. Ella le aguanta la mirada unos segundos más, con el cuello muy tenso. Después se da la vuelta, camina pasillo adentro moviendo las caderas con desdén, alzando la barbilla, sembrando con fuerza cada uno de sus pasos.

Mientras se aleja, el gordo se queda mirándola, otra vez con esa expresión neutra que me da más miedo que su rabia. Por un instante creo que se va a lanzar sobre ella, que la va a golpear en la espalda o en la nuca con uno de sus puños de piedra.

No lo hace.

Se sienta otra vez en la cabecera, se joroba sobre su vaso.

*

Siempre que no va a la escuela de secretariado, sin importar cuánto frío haga, Irina viste sudaderas o vestidos cortísimos, camisetas con estampados de marcas de moda, tenis sin medias. Esta mañana me dejé llevar por la urgencia de la carne, por la fiebre. Estrené la peluca castaña, como de película cómica, y las gafas de marco grueso. Me miré por última vez en el espejo ovalado de mamá, frente a la puerta de entrada, antes de salir a la calle.

Caminé con paso regular y firme hasta el pasillo demasiado iluminado de la escuela, en el que ella estaba esperando para entrar a clase con otras inmigrantes igual de jóvenes, de morenas, de desesperadas, de sonrientes, hablando todas al tiempo en registros muy altos, como palomas agitadas. Pude oír su voz, sobresaliendo en medio de esa algarabía. Distinta a las demás: ronca, rota: la voz de alguien que ha vivido mucho y que vivirá más y que no tiene nada que perder, que nunca ha tenido miedo de caerse. Sentí cómo el pecho me temblaba al oírla, cómo me faltaba el aire.

Entraron al salón y me acerqué hasta poder verla a través de la ventanita rectangular de la puerta, sentada en la primera fila, sonriendo con lo que parecía ser dicha auténtica cuando una profesora de unos setenta años saludó desde su escritorio y se puso de pie para mostrar cómo se usaba el procesador de palabras de un computador. Me sentí muy feliz por ella. Mientras me alejaba, sonriendo yo también, sin poder evitarlo, supe que me pasaría toda la noche imaginando cómo duerme, cómo respira, intentando sin conseguirlo meterme en sus sueños.

*

Es sábado, son las once de la mañana y los hombres no se han despertado. Irina camina hasta el río.

En la rivera izquierda hay una playa artificial en la que se sientan grupos de jóvenes. A pesar del cielo nublado ella estira una toalla, se quita la ropa para mostrar un biquini diminuto color amarillo, se pone unas gafas de sol muy grandes y se tiende ahí, así, sola, como si estuviera en el mar.

Mira la pantalla de su teléfono con una pierna cruzada sobre la rodilla de la otra durante diecinueve minutos, hasta que tres negros intentan hablarle. Los ignora. Sacan una grabadora y se ponen a oír música de negros a todo volumen. Ella recoge sus cosas y sin ponerse los zapatos se va caminando a otra playa, a unos quinientos metros, oyendo a sus espaldas los piropos de ellos que pronto se convierten en insultos.

En la otra playa se tiende de la misma forma y pasados veintitrés minutos llegan dos jóvenes que parecen de Europa del Este, blanquísimos, muy rubios, con vestidos de baño pasados de moda y embadurnados de crema para protegerse de un sol que todavía no aparece. Cuando uno de los dos se va a comprar agua, el otro, de pelo largo, saluda a Irina con la sonrisa encantadora de alguien que es consciente de su belleza y de su carisma.

También yo, que los miro desde tan lejos, desde el nivel de la calle, lo puedo entender. Inmediatamente se ponen a hablar. Cada vez gesticulan más, se ríen en voz alta. Siguen hablando cuando regresa el segundo joven. Casi una hora después, ya sin palabras, se tienden en sus respectivas toallas, uno al lado del otro, con los ojos cerrados, como si estuvieran soñando.

Llegada la hora del almuerzo ella se despide, extendiéndole primero la mano al de pelo corto. Al de pelo largo le da además un beso en cada mejilla y le dicta su número de teléfono para que la llame inmediatamente y así ella pueda registrar también el suyo.

*

Hoy volví a ver al tipo de la tercera planta.

No alcanzaste a conocerlo, Eva mía. No sé cuándo llegó. Solo apareció. Salió de su apartamento con bolsas de basura, fue a comprar el pan como cualquier vecino, me saludó como si nos hubiéramos visto antes.

El edificio entero ha estado vacío desde poco después de que murieras. Las tuberías y los ductos de gas y de aire son tan viejos y están tan abandonados como para que la ciudad se niegue a dar los permisos de habitabilidad.

La rumana dice que es un escritor, aunque parece más un oficinista triste. Esta mañana pasé frente a su puerta y estaba cerrándola con dos vueltas de llave. Me miró como siempre, con ojos demasiado abiertos, como de murciélago, y otra vez intentó una sonrisa de grandes dientes amarillos muy parecida al llanto.

Si yo fuera otro (si no me hubiera tocado esta vida que me tocó, si hubiera nacido con más fuerza y con menos dudas), hace tiempo que lo habría echado del edificio a patadas. Pero soy yo, y solo seguí subiendo. Haciendo como si no existiera, sintiendo su mirada vidriosa en la espalda.

*

Salí a respirar a las ocho y cuarenta y seis minutos de la mañana, asfixiado por la presencia de Irina en la pantalla del computador (en la noche ella había encendido la luz del pasillo dos veces; había caminado hasta el baño, vestida solamente con unas bragas y con la camiseta blanca, sin mangas, cortísima; había ido a la cocina casi a las cinco para tomarse dos vasos de agua. A las seis se había sentado frente al televisor encendido y había escogido el color del esmalte con el que, después de ver una telenovela extranjera, casi a las siete, se había pintado las uñas de la mano primero y de los pies después, con las piernas muy abiertas sobre el sofá).

A las ocho y cuarenta y tres me faltó la respiración.

Sentía ganas de abrazarla y de olerla, pero también de cuidarla como a una hija; de comérmela toda, carne y huesos, pero también de enseñarle cómo era el mundo, y todo eso, junto (todo lo que podríamos llegar a ser, Irina y yo), me presionó el pecho hasta ahogarme.

Salí a la calle, todavía fresca, y me propuse llegar al Parc de DBC antes de las diez y quedarme ahí hasta que se normalizara el ritmo de mis pulsaciones y pudiera volver a trabajar.

De camino, dando largos pasos sobre la acera, entendí (gracias a la franca ayuda del Ritalin) que lo que me ahogaba no era solamente el deseo sexual insatisfecho ni las ganas desesperadas de proteger a esa niña que parecía estar siempre a punto de ser devorada por los lobos, sino tu mirada. La tuya, sí, Eva, hermana

46

mía. La única autorizada en este diario y la única inevitable en momentos como ese, cuando parecía triunfar la debilidad de la carne sobre las motivaciones de la razón, poniendo en riesgo la ejecución perfecta del día N para la que yo y solamente yo había sido escogido.

Bajé la cabeza, sometiéndome a tu voluntad, como debí hacerlo desde el principio, y te prometí, casi en voz alta, que ahogaría cualquier síntoma de hambre que pudiera afectar la misión. Después, aliviado, sintiéndome libre del peso de la responsabilidad, me senté en la primera banca que vi y por unos segundos creí que estabas ahí conmigo, a mi lado, casi tocándome, como si siguieras viva y pudieras respirar y tuvieras trece años y el futuro nos pareciera todavía un perfecto jardín florido.

*

La vieja república me ofrece un descuento en las facturas de servicios públicos por vivir solo y por no tener un trabajo que me pueda mantener. No necesito el dinero, pero quiero demostrarle al sistema que cumplo con mis obligaciones de ciudadano, también cuando se trata de obtener beneficios, así es que esta mañana, como cada seis meses, me dirijo al edificio de la Seguridad Social que me corresponde, más allá de la autopista periférica, y subo las escaleras procurando concentrarme en los artesonados de yeso y en las decoraciones de bronce, para no ver a los desempleados de todas las razas que pululan por los pasillos.

Saco de una máquina blanca un papelito con el

número del turno (131) y me veo obligado a esperar de pie, en un pasillo mal iluminado, hasta que pasados veintisiete minutos por fin aparece la cifra en una pantalla azul. Lo intuyo un segundo antes de que pase y cuando pasa es demasiado tarde para huir. Quien me espera, su gran culo bien firme sobre una silla de oficinista detrás de un escritorio viejísimo, es una mujer negra. Me mira con sus ojos de reptil indiferente y me dice Bienvenido y me señala una silla. Viste una túnica con colores selváticos y algo parecido a una pañoleta le envuelve la cabeza.

Es amable. Es tan amable y tan sonriente y tiene una voz tan suave, tan aterciopelada, tan melosa, que siento ganas de saltar por encima del escritorio y sacarle la verdad a golpes. Me pregunta si tengo trabajo. Le miento y sabe que le miento. Me ayuda a llenar el formulario correspondiente. Me explica (y la compasión en sus gestos es cada vez más aguda) que pasarán cinco semanas hasta que la república me haga el primer pago. Me dice que cuando eso ocurra la busque porque puede conseguirme un buen empleo. Mariam, se llama la negra. Es tan pura y tan amplia su sonrisa que ya no sé si quiere ayudarme o meterme en su cama (la imagino maloliente, en penumbra, arrinconada en un cuarto minúsculo con caligrafía en árabe garrapateada en las paredes).

Antes de irme le pregunto por el monto acumulado en mi pensión, para no tener que pisar de nuevo su pequeño reino. Me da un código con el cual puedo consultar la cifra en internet, pero al ver que mi gesto afirmativo es falso, sin que se lo pida me lee el saldo en voz alta. La cifra es tan baja que su mirada de lástima contagia a otras dos burócratas africanas.

Yo no las necesito, a las malditas negras.

Tengo dinero suficiente para comprarles una casa a cada una de ellas y a sus maridos holgazanes y a sus parásitos. Todas las casas que necesiten. Tengo dinero para diez vidas. Hice esas filas para recordar lo que la república está haciendo por los pobres ciudadanos. Para comprobar lo que ya sé: que el sistema entero ha sido secuestrado por los oscuros: que oscuros son quienes deciden, oscuros los intermediarios, oscuros los beneficiarios, como si estuviéramos en un país de oscuros que ocasionalmente les diera créditos a los ciudadanos verdaderos. No abro la boca. Me doy la vuelta y camino lo más erguido que puedo, primero en el edificio y luego afuera, sin detenerme hasta llegar a una banca limpia en el frondoso bosque de B.

*

El día N existe.

Tengo que repetírtelo para que recuerdes que lo sé.

El día N llegará, nada podrá evitarlo, y seré yo quien esté a cargo de las ceremonias.

*

Es domingo.

He caminado hasta el puesto de revistas.

A las 11.15 he quemado todo el papel sobrante y ya hay tres palabras en el frasco, sobre otras más viejas.

*

Invasión.
Nube.
Furia.

*

Esta mañana se encontró de nuevo con el de pelo largo. Llegaron al mismo tramo de la playa artificial, como si se hubieran puesto una cita, y estuvieron sentados uno al lado del otro en la arena, hablando sin parar, ella sonriendo demasiado, a veces tocándole el brazo en medio de una carcajada. No tuve más remedio que improvisar. Sudando, con la boca muy seca, me pasé toda la tarde y media noche siguiéndolo desde lejos, esperándolo, hasta que poco después de las dos de la mañana acabó su turno de camarero. Me le acerqué por la espalda, presioné la punta de un lápiz a la altura de los riñones y robé su teléfono.

*

Hoy Irina llamó tres veces al teléfono del rubio pero no contesté. Dejó un mensaje de voz cancelando el tercer encuentro. A las once en punto el rubio cumplió su promesa y llegó a la playa artificial, solo. Fingió estar concentrado en el agua sucia del río, en las barcazas, en las palomas que comían trozos de pan seco. Esperó treinta y tres minutos. Cuando se fue los dos supimos que no volvería.

No estaba pensando claro.

Hace una semana que Irina y sus dos hermanos salen a las ocho de la mañana y regresan a las cinco de la tarde. Anoche, a las dos de la mañana, la vi salir al salón vistiendo solamente unas bragas muy pequeñas, blancas. Se sentó en el sofá y luego se acostó, sin cubrirse, viendo en el televisor, hasta las cuatro, una película americana llena de explosiones y gritos.

Cuando los tres salieron muy limpios y peinados a las ocho, yo caminé por el andén pensando solamente en esas piernas largas, en el calor de su piel, y así, enceguecido, llegué hasta la puerta. Su puerta. Como si me despertara de un sueño, de repente entendí que estaba ahí, poniendo en riesgo mi destino y el de la vieja república. De pie, paralizado, con las cámaras y los micrófonos inalámbricos mal guardados en los bolsillos. Y que no había manera de entrar a ese apartamento sin forzar la puerta, y que no tenía idea de cómo hacerlo.

*

Amanecí sintiendo demasiado calor. En la piel, en la cabeza, en la carne bajo la piel, calor emanando de los huesos, haciendo que mi cráneo doliera. Me pareció que ardía vivo, a pesar de las duchas frías, cortísimas, a pesar del ayuno, del Xanax y del Alprazolam, del silencio absoluto y de los pequeños dolores concatenados, perfectamente medidos, a pesar del jabón y de las curas de rigidez. Ardía sin poder evitar arder, sin dejar de repetir ese verbo, arder, sin poder dejar de escribirlo aquí, sintiendo que la piel sudaba y el sudor se secaba antes de verse. Pasadas cuarenta y ocho horas salí del apartamento sin haberme curado pero ya sabiendo lo que tenía que hacer.

*

La granja.

Los campos ondulados bajo la neblina, en el corazón de la vieja república. El aire frío, limpio, de esos surcos cultivados, curándome del ardor. Su silencio. La granja, mi granja, salvándome, recordándome la inminencia del final y también haciéndome saber quién soy, para qué he venido a este valle de lágrimas, qué es lo que verdaderamente importa.

No he salido todavía del apartamento, pero solo imaginando la tierra negra, los vallados, la neblina, la temperatura empieza a bajar. Es como si estuviera ya en camino, en un tren casi mudo (como si pudiera verlo desde aquí, todo rojo o todo amarillo, lento por la distancia, atravesando el paisaje).

Pero no soy yo el que se acerca.

Es el día N.

Es el final de los tiempos: el tren y su larga sombra recorriendo los fértiles campos de Europa.

*

52

A menos de un metro de su balconcito pasa la estructura metálica de una escalera de incendios que seguramente nadie ha usado en más de cien años y que baja directamente al patio colindante con el mío, al que solamente se accede a través del apartamento donde alguna vez hubo una portera y que ahora está abandonado.

No debería contártelo, Eva mía, estoy avergonzado, pero no me queda más remedio que consignarlo en nuestro diario, como todo lo demás. Esta mañana no había nadie asomado a las ventanas de su edificio, así es que salté el murito que separa los dos patios, concentrado en su ombligo para darme valor (su ombligo, pequeñísimo, perfecto en mi imaginación: como si fuera yo quien lo viera cada noche, quien lo besara delicadamente cada mañana), y así, enfebrecido, temblando de miedo, entré por el balcón.

Instalar los micrófonos me tomó nueve minutos. Entrado al misterio de su cuarto tuve que esforzarme para no perder el tiempo abriendo el clóset ni el cajón de su mesa de noche ni la cajita en la que guarda sus joyas falsas. Temblando me subí a su cama después de quitarme los zapatos e instalé la primera cámara en un trozo de muro entre el clóset y el cielorraso, pegándola con el cemento cerámico en tubo recomendado por el experto de la Rue D.

En el baño, en un ángulo entre dos muros de la ducha, disimulándola como el agarre de un tubo vertical, puse la segunda cámara, después de ensuciarla con betún hasta dejarla del mismo color marrón de todo lo demás. Cuando por fin salí al balcón, sudando, temblando, creí por un instante que alguien me estaba mirando desde las ventanas oscuras de mi apartamento (y era yo mismo: nunca había salido, me había quedado, con la frente tocando uno de los vidrios, vigilando para que nadie pudiera entrar al de Irina mientras el intruso estaba adentro).

*

Sigo al gordo y es muy fácil saberlo todo.

Trabaja como cajero en un local de shawarma sin nombre, en el número 86 de la Rue R, al lado del descampado de carrileras de la estación de trenes de PE. Cada día, incluidos los domingos, entre las doce del mediodía y las ocho de la noche, recibe dinero y entrega recibos, sin sonreír demasiado. Después se va en metro hasta su apartamento, ve dos o tres horas de televisión y duerme doce horas, hasta que tiene que levantarse de nuevo para empezar la rutina.

Los hijos en cambio se encuentran cada noche, después de las once, en un bar-café de la Rue G, cerca del arco principal. Se toman un café y caminan juntos hasta el portón principal de una discoteca de lujo. Pagan como cualquier cliente autorizado. Siempre los dejan entrar, aunque lleven una pistola y aunque los dos gorilas de la puerta rechacen a más de la mitad de los aspirantes, casi todos franceses o americanos demasiado jóvenes que quieren impresionar a sus novias o negros o árabes millonarios sin los contactos requeridos.

Hay fiestas todas las noches menos los lunes. La

cocaína la trae el menor. Los encargados de la seguridad, dos marselleses fuertes como toros, los conocen bien. Los clientes hacen los pedidos a través de otros dos empleados que están adentro, africanos, y las entregas se hacen siempre en los baños o en los pasillos que están detrás de los escenarios.

No es fácil estar ahí, entre esa masa compacta de ciudadanos jovencísimos, riquísimos, con tantas ganas de impresionar y derrochar dinero. Para hacer el estudio completo, el viernes de la segunda semana me veo obligado a pedir dos gramos de cocaína. Me los da el más joven. Me lleva hasta un sitio oscuro detrás del escenario en donde una música electrónica con voces pregrabadas en francés con acento árabe y fondo de sintetizadores sale de los parlantes haciéndolo temblar todo.

Me da dos bolsitas de plástico llenas, me mira a la cara con sus ojos de reptil sudamericano y extiende la mano derecha. Ciento veinte euros. Repito la operación más tarde con el hermano mayor. De cerca se parece mucho a Irina. Tiene tatuajes en el antebrazo derecho (el número 176 y una culebra de dos cabezas), en el cuello (una estrella de cinco puntas) y en los nudillos de la mano izquierda (cinco círculos, de distintos tamaños). No me mira.

*

Esta mañana no me pude aguantar.

Me puse la peluca negra y las gafas más pequeñas y esperé mirando lo filmado desde la cámara de mi ventana, hasta que a las once y dieciocho el hermano menor salió de su madriguera. En lugar de entrar a la estación de metro caminó hasta la de R, se hundió por la boca esquinera y en el andén se encontró con el otro. Se fueron de pie, en el último vagón, dieciséis estaciones hasta J y de ahí una más por la línea 10 hasta CL. Hablaron todo el camino, en ese idioma lleno de eses silbadas y de erres y de tés. Muy serios, sin mirarse a la cara.

Al salir caminaron hasta el portón principal de la Facultad de Derecho de la Universidad, a un paso de la Place du P. El mayor se quedó en la calle, fumando, mirando a todos lados sin disimular. Yo entré pasados cinco minutos. Encontré al menor en el corredor principal de encuentros, lleno de estudiantes. Caminaba despacio entre las mesas, silbando muy alto, como si quisiera que todos lo miraran. Cuando acabó se sentó en una banquita en medio de un patio interior, al lado de la boca acerada de un contenedor de basura. Los clientes, siete, llegaron solos y en menos de cinco minutos se llevaron todas las bolsitas sin detenerse a medir el contenido.

*

El tercer viernes del mes por fin entiendo de dónde sale la mercancía. No hay que ir muy lejos. Los dos hermanos se meten en la boca del metro a las cinco de la mañana y hacen dos cambios de línea, dos recorridos por túneles estrechísimos, y después de veintitrés minutos llegan a la estación de MD, muy cerca de donde salieron. Solo han tenido que moverse al Distrito R, al otro lado de las líneas del ferrocarril de la estación de trenes de PE, casi en el inmenso descampado de las de la estación de PNO.

Mientras suben por la escalera a la superficie, sé lo que me espera. Tiendas selladas, edificios vacíos que se caen a pedazos, aceras mal iluminadas en las que se congelan excrementos de perro y en las que a pesar del frío los ancianos mendigan. Pero cuando subo no hay nada de eso. Y tampoco hay ciudadanos. Los trabajadores y los ancianos de la vieja república, los pocos que quedaban, han sido desplazados poco a poco, sacados hacia el norte o acorralados contra las líneas del ferrocarril. Y lo demás es África. África negra. Y Asia, pobre y tropical, a veces.

Los oscuros y los marrones y los amarillos ya están muy despiertos, a pesar de la hora y del frío y la niebla. Los paraguayos caminan entre sus cuerpos en línea recta, apoyados en su altanería criminal, como si los demás no existieran, hasta llegar a una callecita en penumbra que está muy cerca de uno de los puentes sobre la carrilera. Se detienen frente a una fachada pintada de color amarillo fosforescente, con las ventanas selladas. Esperan quince minutos frotándose las manos, mirando el suelo, moviendo las piernas para no congelarse. Suena el teléfono celular del menor y los dos miran hacia arriba.

Una mano sale de una ventana a medio abrir, muy cerca del único bombillo que ilumina la calle, y lanza una bolsa negra. El mayor se acerca a la rendija del único buzón del edificio, al lado de la puerta metálica también pintada de amarillo, y mete en la rendija un sobre de manila, seguramente lleno de billetes. El menor se guarda la bolsa negra en la chaqueta y regresan a la estación.

*

Hace una semana que Irina no duerme bien y que yo no duermo nada. En el día traduzco, en la noche no puedo dejar de mirarla. Dormida, casi todo el tiempo, pero también yendo al baño medio desnuda, tropezando como una niña, tomando un vaso de agua, encendiendo el teléfono para ver videos, encendiendo y apagando el televisor.

*

Tres negros me rocían con gasolina y me prenden fuego, en medio de la Place du P. Es de día, en verano, y no hay nadie. La pequeña Irina sale a un balcón que no existe, vestida como musulmana, con un velo color rojo, y aplaude mientras yo doy tumbos ya partiéndome en pedazos encendidos. Mi cuerpo intenta despertarse y con mucho esfuerzo lo consigue, pero ahora estoy metido en otra pesadilla, menos real, una en la que recorro un suburbio de árabes, en cuatro patas, con los ojos cerrados.

Me despierto muy cansado.

*

El menor, a escondidas de los demás, lleva al apartamento una cartera deportiva roja, marca Adidas, llena de cocaína. Seguramente ha prometido pagarla después de la venta y el mayorista se ha dado cuenta de que no es tan valiente ni tan imbécil como para huir con la droga. Los dos están comiendo, solos, cuando Irina ve la cartera colgada detrás de la puerta y sabe que algo está mal. Se pone de pie, abre la cremallera y sin mirar lo que hay adentro la lanza teatralmente sobre la mesa. Son paquetes de cien gramos y hay un kilo. Setenta mil euros a precio de la discoteca, cincuenta a precio de la universidad. Pelean. Ella finge estar indignada pero está claro que lo que quiere es una tajada a cambio de no decir nada. Diez mil son ofrecidos y aceptados sin necesidad de negociar. Acabada la escena se quedan media hora mirando juntos un concurso de acrobacias japonesas en la televisión.

*

No he sido capaz de describírtelo, aunque ya lo sabes:

Todas las noches edito también las imágenes de la cámara del baño. Al final me quedan quince minutos como máximo. Irina sentada en el váter, mirando el infinito mientras mea o mirando la pantalla del teléfono cuando caga. Y los vidrios del cubículo en el que se baña, también, a través de los cuales puedo ver, antes de que el vapor me lo impida, todas las partes de su cuerpo.

Nada de eso me excita sexualmente. Verla así, sola en el baño, por fin resguardada de las miradas ávidas de los lobos, me entristece. Encerrada en el baño es solamente una niña ausente que quiere estar limpia y sola y perdida en sus pensamientos. Cuando decide lavarse los dientes después de bañarse, cuando lo hace completamente desnuda, sí siento algo parecido al deseo, pero no me masturbo. Es como un dolor muy placentero entre mis piernas. Lo que el cuerpo parece querer decirme es que podría estar adentro, allí, en ese baño, todos los días de su vida, cuidándola, como un buen padre.

*

Por tercera vez desde que los vigilo, el padre y el hermano mayor han desaparecido sin dejar rastro. ¿Están en Paraguay? ¿Están muertos? ¿Se han esfumado, como en mis sueños?

*

El menor llegó al apartamento a las siete de la mañana, borracho y drogado, sin la cartera, con una amiga. La amiga se quedó dormida en su cama, nada más entrar, y él fue al cuarto de Irina y la despertó haciéndole cosquillas, poniéndola furiosa y después calmándola con un fajo de billetes de cien euros que lanzó al aire como si los dos acabaran de ganarse la lotería.

*

A las seis de la tarde Irina se reunió con tres amigas en el Jardin V y después fueron a tomarse algo en un café con el novio de una de ellas y cuatro de sus amigos. Dejé de mirarlos cuando supe que estaba sudando demasiado a pesar del frío y que el temblor de siempre, el de las manos, se me estaba pasando al cuello. Le di una última mirada al grupo y mientras me alejaba oí que todos se reían en voz alta, burlándose de mi soledad.

Caminé cinco horas, sin detenerme, cada vez más rápido, como en una película cómica, sintiendo que el temblor empeoraba. De vuelta en el apartamento conseguí no mirar las cámaras ni oír los micrófonos antes de tomarme dos miligramos de Xanax y dos de Seroxat. Cuando por fin pude mirar, Irina y otra amiga secretaria y dos hombres que no había visto fumaban mariguana en el suelo, rodeados de botellas vacías de cerveza. El hermano menor no estaba y viendo la cara sonrojada y la boca abierta de Irina supe que no iba a llegar.

A las diez se fueron todos menos uno. Se llamaba Pierre y tenía una cara angelical y a pesar de la cerveza y de la mariguana seguía perfectamente peinado y con una camisa rosa planchada y un jersey verde claro puesto en perfecta simetría sobre los hombros, amarrado al cuello. Cuando por fin ella le preguntó qué hacía en la vida, Pierre le soltó un discurso preparado, perfecto, con un acento de clase alta que parecía más fingido que real.

Dijo ser un estudiante de empresariales de veinte años. Dijo que le gustaba la música jazz, nadar y navegar, que quería empezar una empresa propia de distribución de productos farmacéuticos, aprovechando la experiencia de su padre. Como en una película, como si nada de eso fuera real, Irina lo miró entre las volutas redondas de humo que salían de su boca, con una sonrisa que quería ser burlona pero no lo era del todo. Me pregunté si realmente se creía todo eso, si realmente estaba pensando que un tipo así podía liberarla de los colmillos de la jauría.

Por la forma en que lo trató cuando por fin estuvieron desnudos, me quedó claro que había estado antes en la cama con un hombre o que había visto videos pornográficos o que había nacido con el talento natural de una perfecta bestia sudamericana. Depilada, muy seria, no se quitó la camiseta ni habló. Lo masturbó un rato con mucha habilidad, antes de dejar que la penetrara. Cuando él estuvo adentro, para mi alivio, no se dejó besar: como si fuera una prostituta o como si estuviera satisfaciendo una necesidad del cuerpo, igual que la de comer o defecar.

Él pareció disfrutar mucho. Sudó. Gimió. Cuando por fin descansaron se puso a hablar solo, sin parar, fingiendo tranquilidad, mirando el cielorraso, vistiéndose también y yendo al baño y de regreso, y de nuevo tendido boca arriba pero ahora vestido, con una mano puesta sobre el vientre de Irina. Pasaron menos de diez minutos antes de que ella se hartara de oírlo. Se puso de pie, fue hasta la puerta del cuarto, la abrió y le dijo que se largara.

Él creyó que era una broma y se rió en voz alta, sin mirarla, sentado ya en el borde de la cama y estirando los brazos hacia delante, como si ella fuera a acercarse para dejarse abrazar, como si se conocieran, como si fueran marido y mujer. Ella se lo aclaró. No me estás entendiendo. Si no te largas ya mismo voy a llamar a mis hermanos. No se van a poner felices de verte. Voy a entrar al baño y cuando salga no quiero verte.

*

Ha llegado el momento de hablarte un poco más acerca de la granja. Queda a quince minutos a pie del pueblo de B. La compré hace dos años con lo que nos dejó mamá y desde entonces he ido todas las semanas.

Hoy fingí entrar a la línea de metro equivocada, me tomé un vaso de soda en la estación de B y otro en C y un tercero en la estación de trenes de PMP, mirando siempre con cuidado a los transeúntes, buscando una cara repetida. Ya en el pueblo compré una pala nueva en la tienda para granjeros, aunque no la necesite. Lo hago cada dos meses. Compro herramientas o comida o semillas, para que sepan lo que soy (un citadino con aspiraciones de granjero) y cómo soy (afable, sencillo, callado).

Llegué a la granja a pie, casi a las once de la mañana, cargando al hombro mi pala nueva, y no pude evitar sentir cosquillas en medio del pecho. Aré la tierra con el tractorcito que me vendieron con la granja.

Llegado el momento justo sembraría cebollas, patatas, acelgas. A las dos de la tarde almorcé en el único restaurante del pueblo, destinado a los conductores de camiones y a los braceros morenos, y luego regresé en el tractor llevando dos bultos de abono. En la bodega distribuidora el dueño, viejísimo, me preguntó quién era, como siempre. Como siempre, se lo recordé: el citadino que había comprado la granja, el que estaba aprendiendo a ser agricultor. Es un alivio que llegue alguien cuando todos se van, me dijo por enésima vez, y después de mirar mi cara como si ya se hubiera olvidado de nuevo de quién era yo, me advirtió en tono confidencial que era tiempo de desparasitar. Prometí comprarle un aspersor la semana siguiente.

Más tarde barrí y limpié el establo. Cuando estuvo impecable me dedique a cortar y a pulir con mis máquinas las piezas de madera para los moldes y a ajustar los controles de los encendedores. Después fundí dos bloques de yeso. En eso se me fue la tarde entera. Antes de apagar las luces y salir miré el establo, las herramientas perfectamente alineadas, el suelo tan limpio, las figuras de yeso ya erguidas, ya parecidas a lo que habrán de ser cuando llegue, muy puntual, el día N. De camino a la carretera me miré las manos a la luz de la luna y me di cuenta de que llevaba más de ocho horas sin pensar en Irina.

*

Tu cuarto, Eva mía, está como lo dejaste el día en que te fuiste:

– La cama tendida, las sábanas de color azul claro que yo mismo te regalé, la almohada blanda y baja que siempre te gustó, el cobertor amarillo y los tres muñecos: el oso de una infancia anterior a mí, la muñeca de la infancia compartida, la muñeca pequeñísima de tu adolescencia triste.

– La mesa de noche en la que descansa el libro que estabas leyendo en el momento de la partida, *El talento de Mr. Ripley*, por recomendación mía, con la esquina superior derecha de la página 193 doblada en un triángulo. El cajón en el que todavía esperan, quietos en esa penumbra fría, tus secretos, que ahora son los míos: la cajita cubierta de terciopelo negro con los aretes de oro regalados por un amante que desapareció sin dejar rastro; el perfume en una botella oscura, no demasiado caro ni demasiado barato; los tapones de oídos (para aguantar el tictac del reloj de mamá en la sala y el ronroneo del televisor de los vecinos y los motores de carros fantasmas pasando por la Rue L a la madrugada); una libreta que te regalé para que dibujaras mejor y en la que nunca dibujaste porque no tuviste tiempo; un paquete plástico, rosado, intacto, en el que esperarán para siempre 12 toallas higiénicas sin usar; un cortaúñas plateado estándar; esmalte para uñas, también sin usar, color morado intenso.

– El clóset: tenis rosados marca Puma, zapatos bajos de gamuza marrón, botines de cuero negro (todos con la plantilla de cuero de un centímetro en el talón del pie izquierdo); siete blusas (de colores pastel y negras); tres blusas ligeras (todas color amarillo pálido);

una camiseta para usar en la casa (blanca); un jersey liviano de hilo (rojo); dos camisetas térmicas (blancas); dos pantalones interiores térmicos (blancos); dos sacos de lana (azul, marrón); dos chaquetas de invierno (deportiva roja, convencional larga negra con grandes botones grises); siete calzones (tres blancos cubriendo las nalgas, tres rosados sin cubrirlas, uno tipo tanga, amarillo); cuatro sujetadores tamaño L (dos rojos, dos azules).

– Arriba del clóset, el compartimiento con lo que habría podido ser la escenografía de nuestra infancia normal si todo no hubiera salido tan mal, si no se hubieran ido del mundo como se fueron, papá y mamá. Los juegos de mesa, los papeles de cuentas escritos a mano y envueltos en bolsas blancas, la máquina de coser verde que nunca se usó, un órgano eléctrico negro sin cable, una guitarra sin dos clavijas, raquetas de pimpón rojas, bolas de pimpón blancas. Y la lata metálica en la que están todavía las pocas fotos que quedaron de la infancia (mamá quemó mucho antes de irse todas aquellas en las que estaba papá y tú tuviste que ayudarla, pobre hermana mía, como si el odio pudiera transformarlas a las dos, hacerlas más madre a ella y más hija a ti).

– El mueblecito de las niñas, como le decías tú, con dos cajones vacíos, un espejo y una superficie de madera roja sobre la que puse, el día después de que te fuiste, un pequeño arreglo en tu honor. Un vaso alto de cristal azul comprado en el Distrito C, a través del cual se puede ver un mechón de tu pelo salvado de la caneca el día de tu partida; una foto de los dos sentados en la orilla de la fuente del Jardin du L, de once años tú y de ocho yo, sonriendo como si estuviéramos felices pero con papá ya ido, con mamá haciendo lo que podía para aparentar normalidad, tan ajenos en ese barrio del Distrito F; un estuche pequeñísimo, de nácar, de origen incierto, conteniendo las medialunas perfectas de las uñas que te corté al prepararte para el último viaje; la ropa que llevabas puesta ese día, antes de que estuvieras completamente desnuda, limpia, de camino al más allá. Dos velas, largas, blancas. Y en la mitad tu autorretrato en carboncillo, el único que no botaste en los últimos días, en el que pareces sonreír pero en el que tu mirada cansada está detestando el mundo entero.

*

Por tu obra y gracia me curé de todos los dolores recientes.

Pasé cuarenta y ocho horas arrodillado frente a tu altar.

Después de apagar las velas comí, me lavé el cuerpo durante veintitrés minutos y ya estoy de nuevo en pleno uso de mis facultades, listo para enfrentar mi destino.

*

Al afeitarme esta mañana me corté el mentón.

Antes de abrir los ojos, durante una milésima de segundo, creí que estabas ahí, de pie, Eva, tus ojos perplejos mirándome en el espejo.

*

Hace tres días el paquistaní de la farmacia me dio una pastilla nueva. La describió como el remplazo del Xanax sin los efectos secundarios. Mentía y yo supe que mentía, pero en este mundo en el que todo lo que me queda es ganar tiempo hasta el final, evitando por el camino enfermarme por culpa de esa paraguaya medio desnuda, no es necesario perder el tiempo leyendo el texto con las instrucciones de uso, las contraindicaciones, los efectos secundarios.

Me hizo alucinar, la mezcla de Zopax con las dosis de Colpromazina y de Haloperidol que me quedaban.

Nada grave.

Cucarachas muy rápidas que no estaban en los muros.

Rayos de sol visibles a través de los cristales.

Motas de polvo moviéndose dentro de mi cabeza, al cerrar los ojos.

Mucho más importante que las alucinaciones y que los instantes de pánico que siguieron, la seguridad de que por fin, gracias a la pastilla del paquistaní, el deseo sexual había sido definitivamente domado.

*

Entre el dinero que dejó papá antes de largarse y el que nos heredó mamá y el que vale el apartamento y el que ahora vale la granja, podría vivir doscientos años. Trabajo solamente para no perder las últimas posiciones firmes, las últimas islas en un océano de

confusión que a veces quiere tragarme y a veces en-
candilarme con su belleza, que es infinita.

Ahora que tengo a Irina y que tengo mis artesanías, los monstruos de la locura, siempre despiertos,
parecen haber perdido parte de su fiereza ¿mientras
agonizan?, ¿mientras esperan agazapados en la oscuridad, afilando sus garras?

El trabajo, en adelante y hasta que llegue el momento de la verdad, me servirá únicamente para mar-
car el paso del tiempo. Toda mi furia (y no es mérito
mío, ya no) tiene un solo propósito. Uno que no soy
yo mismo: que no es la precisión de las rutinas, ni las
caminatas, ni la dedicación absoluta a la limpieza del
cuerpo, ni el recuerdo de tu muerte. Uno capaz de
despertar a los millones de ciudadanos de la antigua
república, que desde hace demasiadas décadas caminan como muertos vivientes (en todas las calles solea-
das y en todos los parques y en todas las oscuras habi-
taciones y en todos los salones de todos los colegios y
en todas las plazas floridas).

*

Funcionan muy bien, las nuevas pastillas.

Me relajan, no me permiten asustarme. Ni siquiera con las pequeñas alucinaciones diurnas. Duermo ocho horas cada noche, como nunca antes. Esta
mañana sentí unas ganas insoportables de encender
el computador para ver a Irina desnuda. Como si el
cuerpo, ya acostumbrado al efecto del Haloperidol
para apagar el apetito sexual, estuviera por fin usan-

do, furioso, la poca energía disponible. Conseguí controlar esa tensión creciendo en medio de mis piernas, más adentro, en la base de la columna vertebral. Creí entender, por primera vez en la vida, que es cierto el proverbio popular de que no hay mal que por bien no venga.

El ardor en la garganta, la necesidad dolorosa de ver su cuerpo me hicieron entender que los tiempos por venir exigirán más disciplina que los pasados. Sin saber en qué consistiría esa disciplina llegado el momento de la verdad, opté por salir a la calle y caminar todo el día, sin cambiar de acera, sin desviar el camino (cambiándolo solamente al chocar con un edificio): siempre al mismo ritmo, muy recto, sin detenerme tampoco en los cruces con semáforos, como un ciego, sin ver los carros pasando en ambas direcciones, oyéndolos y así, aliviado por fin del ruido dentro de mi cabeza, consiguiendo descansar un poco de la verdad (de ti, hermana querida, mirándome detrás de los espejos; de la disciplina requerida para sobrevivir; del número desconocido de días que me quedan hasta el final; de la imposibilidad de tocar a Irina; de toda esa insoportable responsabilidad pesando en mis espaldas).

Al acabar el recorrido supe que después de estar casi siete horas perdido, al cierre del día había trazado con mis pasos, sin proponérmelo, muy lejos de nuestras calles, un triángulo perfecto (Boulevard de M, Rue de T, Boulevard de S) y que ese triángulo, su imagen radiante en mi cabeza, me estaba dando ya la fuerza que muy pronto necesitaría para ser el portador de las buenas nuevas.

Las artesanías, distribuidas en perfecta simetría bajo el tejado del viejo establo, me sorprenden cada día.

Me emociona verlas así, a medio hacer, todavía desarmadas y con las tripas afuera: me dan una paz que nada más me da, aunque lleve tantos días sin poder avanzar en su perfeccionamiento, aunque ahora vaya tres días a la semana pero me equivoque tanto en los deberes más fáciles, por culpa de Irina, del olor imaginado de su cuerpo suavísimo (aunque deje mal armadas las juntas, o rompa los moldes, o riegue el yeso, o conecte mal los circuitos).

Hace una semana descubrí el sulfato de dexamfetamina. 50 miligramos en la mañana combinados con una lata de Red Bull, una de Coca-Cola Zero y una aspirina deberían permitirme llevar a cabo por fin todo el trabajo atrasado. Pero sigo sin poder avanzar. Demasiadas veces al día siento mucho sueño y cierro los ojos, y al hacerlo veo, una y otra vez, hasta que me duele la entrepierna, hasta que me duelen la cabeza y los huesos, la imagen nítida de Irina tendida, desnuda sobre su cama. Su cuerpo perfecto, sí, con las piernas ligeramente abiertas y el animalito dormido bajo la fina tela de sus calzones pequeñísimos y los dedos largos apretando esas sábanas tan blancas, pero también su cara seria: sus ojos en otra parte, su cabeza pensando o soñando. Irina entera, así, mirando solamente hacia adentro pero queriendo entender el mundo.

*

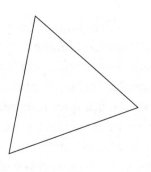

*

Lo saben. Todos. Sé que lo saben y no son las pastillas.

A las ocho de la mañana, cuando entré en la tienda de la rumana, entendí que ella no tendría que esperar a la llegada del día N (a la indignación, a los gritos en la calle, a las noticias en la televisión), que lo entendía todo, ahora, y que siempre lo había entendido. Que era consciente de cuánto la detestaba, de que detestaba su país de origen sin conocerlo y su jeta desdentada y su trabajo de mierda y su tienda y su pobreza y su suciedad.

Me miró desde el otro lado de la caja con un odio así, absoluto, brillando en medio de sus pupilas de reptil y me dio las vueltas modulando una gran sonrisa. Media hora después, en la Place du DM, el farmaceuta paquistaní evitó mirarme. Yo sí lo miré. Lo que encontré fue que él también sabía que lo detestaba y que siempre lo había detestado, aunque fuera él quien me mantenía vivo. Solamente escuchó mis síntomas, mirándome por encima del hombro, y la rigidez en sus mandíbulas me hizo pensar que estaba a punto de perder la compostura y de saltarme a la yugular. Ese odio controlado entre los dos, la precisión de nuestros movimientos tensando los hilos del tiempo, me hizo imaginar con absoluta precisión cada una de las noticias que le llegarían de mí, desencadenado el día N.

Cuando pude salir a la calle me sentí casi asfixiado, borracho de una emoción destructiva parecida al hambre o al deseo sexual. De camino al apartamento no pude evitar notar la existencia, real o virtual, de todos los inmigrantes que reptaban en las aceras: negros, árabes, asiáticos, hindúes, sudamericanos. En el rellano del segundo piso tuve que perder parte de esa alegría lidiando con la mirada del escritor torvo. Es tanta la curiosidad que le produzco que abre su puerta negra, ya sin ninguna vergüenza, para verme subir las escaleras.

Si pudiera hacerlo el escritor me mataría. No tengo ninguna duda. Se robaría mis muebles, mis recuerdos de infancia, tu ropa, tus joyas, mis ollas y mis platos, las fotos, tu altar, mi computador, los micrófonos, las cámaras, los parlantes. Se lo llevaría todo. Ya en la cocina, con todas las guardas de la puerta bien cerradas, me tomé diez miligramos de Zyprexa, que según el farmaceuta son capaces de atenuar la paranoia sin hacerla desaparecer del todo (hasta él, que solo quiere mi dinero, ha confesado con nobleza su ignorancia: los efectos de un remedio más fuerte contra la paranoia mezclado con todos los que mi cuerpo ha estado disfrutando durante los últimos meses, pueden tener consecuencias impredecibles).

No había sentido todavía el movimiento nuevo del compuesto químico en mi cerebro cuando me senté, encendí la pantalla e imaginé a Irina antes de que apareciera.

*

*

No me equivoco caminando, ni una sola vez, no dudo. Como si el trazo estuviera siendo dictado por una fuerza más grande que la mía, mejor: una que entendiera esas líneas, esos ángulos, esas palabras hechas puntos. Compruebo en el mapa colgado en el muro de la cocina lo que ya sé: caminando hoy he dibujado una estrella de cinco puntas. Asimétrica, rota, imperfecta como una flor o una hoja seca.

No me sorprende que la estrella exista. Ni que el centro quede en el cruce entre la Rue T y la Rue V, ni que las puntas sean las que son, ni que acabe en un cabaret rojo y muerto por el norte y en la estación de metro P por el sur. Ni que desemboque en el teatro nacional.

*

Ignora que existo, la pequeña Irina, y eso no deja de sorprenderme, estando tan cerca de mí como está.

No sabe para dónde ir, no sabe cómo escapar de la manada de lobos en la que ha nacido, cómo sobrevivir sola en esa ciudad que es un bosque lleno de sombras y de animales más oscuros y mucho peores.

*

Sucedió el miércoles en la noche. Irina había llegado de la escuela de secretariado a las siete y dieciséis y los otros tres estaban sentados a la mesa bajo la luz sucia de la lámpara plástica. No los saludó. Dejó sus cosas en el cuarto, entró al baño, se puso unos audífonos conectados al celular y fue a la cocina a prepararles algo.

Los hombres habían estado bebiendo cerveza barata y ron desde las cinco. Hablaron en francés, en mal francés, todo el tiempo. De futbol, del cambio de porteros en la discoteca, de una mujer con la que los dos menores se querían acostar: cada vez más agitados, sudando, abriendo mucho los ojos, como micos en una jaula esperando una señal para atacarse mutuamente.

Cuando estuvieron listas la pasta y la salsa, Irina las mezcló en una olla y puso la olla directamente sobre un trapo, en la mesa. El hermano mayor, ya temblando y hablando demasiado fuerte por efecto del ron, le preguntó si no iba a servir en los platos. Ella lo hizo, muy seria, sin quitarse los audífonos. Estaba en el tercero, el del hermano mayor, cuando se tropezó y casi se cae y regó la pasta caliente sobre sus piernas.

Él se miró el pantalón sucio, la miró, se puso de pie y sin mediar palabra la empujó con las dos manos, dejándola sentada en el suelo, bañada en esa salsa roja y tibia como la sangre. Los otros dos miraron con ojos vidriosos por el alcohol y no hicieron nada. El viejo tomó otro sorbo de su cerveza, eructó y siguió comiendo. El menor pareció asustado, se enderezó en el asiento, hasta que oyó la carcajada del hermano y vio cómo se sentaba y clavó, él también, el tenedor en la montaña de pasta.

Irina apartó la olla, se pasó una mano por la camiseta sucia, se puso de pie, todavía con los audífonos puestos, apretó mucho las mandíbulas y levantó el brazo para soltarle al mayor una cachetada, corta, fuerte, sonora. El otro la miró con una sonrisa torva, hizo el además de sentarse y en cambio le dio un puñetazo en la cara. Irina se dobló por la cintura gritando, se enderezó, le gritó un insulto, lo escupió y volvió a agacharse.

No había acabado de poner las manos en las rodillas cuando él la agarró del pelo y sin decir nada se la llevó arrastrada, chillando, sacudiéndose, hasta que desaparecieron en la penumbra. Dejé de verlos pero puedo oírlos a través del micrófono instalado en el cuarto de los hermanos. Cuando estuvo claro que la paliza no se detendría (cuando los chillidos empezaron a parecer aullidos), me alejé de la pantalla. Salí del cuarto, abrí la puerta del apartamento y eché a caminar, cada vez más rápido, sin detenerme, sin rumbo, dejando que mi cabeza repitiera sin pausa palabras inconexas, aleatorias, ahuyentando cualquier pensamiento. Cuando regresé eran las once de la noche. Las luces en el apartamento de Irina se habían apagado.

Me tomé tres miligramos de Clonazepam, me arrastré al cuarto todavía oyendo las tres palabras de la semana, del gran periódico nacional (ahora pesadas, lentas, pastosas, en mi cabeza), repitiéndolas en voz alta para que no me abandonaran y así me quedé dormido, sin quitarme la ropa, boca abajo, agarrando la cama como un salvavidas.

*

Dios.
Siembra.
Ira.

*

Me levanté a las nueve, adolorido, y después de limpiar la casa entera me bañé con agua helada y tuve el valor suficiente para mirar de nuevo la pantalla del computador. Nada en la cámara del cuarto, nada en la del baño. Amplié la imagen de la sala. Sentada en el suelo, detrás del sofá, mirando el muro como un perrito asustado, estaba Irina. La olla de la pasta seguía tirada en el suelo, las botellas de cerveza vacías y los platos sucios sobre la mesa. Cuando por fin se puso de pie, se desperezó como un gato y fue al mesón de la cocina para liar un cigarrillo flaquísimo que se fumó, muy despacio, en el espacio de sol que iluminaba las plantas de su balcón. Sentada en la sillita metálica, con la luz del sol iluminándole la cara, pude ver un moretón alrededor del ojo derecho y en el cuello lo que parecía ser una marca roja. Fumó con los ojos fijos en las grandes hojas verdes, como si no estuviera ahí, como si soñara. Cuando acabó se puso de pie y se alejó cojeando, jorobada, hasta perderse en el fondo del apartamento.

Se bañó durante media hora. Antes de que todo desapareciera en el vapor pude ver cómo se acariciaba con cara triste. Los hombros y las teticas firmes y las piernas y lo que tiene escondido entre las piernas, mirando todo el tiempo los baldosines color naranja de la ducha con la misma tristeza ausente con que había mirado antes los muros sucios del salón.

*

Salió de la estación de metro CC poco después de las ocho de la mañana, como todos los viernes, solo. La policía lo estaba esperando en la escalera del andén oriental. Los vi desde el otro lado de la Avenue de F. Cuatro agentes de paisano. No tuvieron que usar la violencia: solamente le pidieron que se detuviera, que pusiera las manos en la pared y que separara las piernas. Después lo requisaron y cuando encontraron la bolsa negra con la droga y la pistola lo esposaron.

Lo hicieron sentar en el asiento trasero de un carro rojo y se fueron escoltados por una patrulla con insignias. Posesión de narcóticos con el propósito de distribuir, siete años de cárcel. Tenencia de arma de fuego no registrada, dos años. Las imagino, esas palabras y esas sentencias que ignoro, todavía quieto en esa esquina de la Avenue de F. Un juez con peluca blanca y martillo como el que ya había imaginado dos días antes, en la estación de trenes de PMP, mientras hablaba con la operadora ronca de la Comisaría S. Lo sé y no tengo que repetírmelo. El hermano de Irina es una fiera como todas las demás, pero una peor, una sudamericana, capaz de devorar a las hembras de su propia familia sin parpadear.

Ojalá se pudra en una mazmorra oscura de la que no salga entero.

*

No te lo conté, como si no contártelo impidiera que lo supieras.

Me dejé llevar por los impulsos, por una urgencia de los sentidos que confundí con valentía. Entré a su apartamento, mientras ella estaba comprando comida, y le dejé mil euros. Cinco billetes de doscientos recién impresos, entre su almohada y las sábanas tan blancas. Después tuve que esperar dos días, hasta que por fin contó lo ahorrado durante nuestros tres meses juntos. Lo hizo en el balcón, de pie, muy seria, medio desnuda. Cuando acabó sonrió durante un instante y sonreí yo también viendo sus labios desde mi oscuridad. Sentí que me faltaba la respiración cuando creí notar que sus ojos buscaban un movimiento o un destello en las ventanas del patio, en el tejado de mi edificio, en este cielo tan gris desde el que la miro.

*

Tampoco ayer te lo pude contar todo. Sé que me observas desde el más allá y que desprecias esto en lo que me estoy convirtiendo, que no quieres ver a este drogadicto insomne tan parecido a tu hermano, a esta sombra de lo que fui, cada vez más obsesionado con la adolescente oscura que se aburre al otro lado del patio. Me dio vergüenza escribirlo pero ya sabes que es la verdad: me robé una de sus bragas. No espero que lo entiendas. Lo hice cuando entré a dejarle el dinero. Ando desde ayer con esas bragas puestas en la cabeza, el trozo de tela que normalmente cubre el coño de la niña puesto sobre mi nariz, los ojos en los huecos para las piernas, como si al hacerlo pudiera realmente oler eso y no el jabón barato que usa para lavar y los vapores de la cocina en los que seca la ropa de todos.

Estuve andando así, sin pausa, por todos los rincones del apartamento, como un animal avergonzado pero siendo solamente un loco y un drogadicto, yendo de una pared a otra con mucha energía, adolorido por esa erección incontrolable. Fue entonces, al llevarme la mano a la entrepierna, cuando recordé el dolor. El dolor, todo el tiempo disponible aunque yo no hubiera querido verlo. Su poder salvador. El dolor borrando el dolor. El dolor borrándolo todo, también el alma.

Y al hacerlo, al recordarlo, el animal en el que me estoy convirtiendo renunció a detenerse antes de llegar a las paredes y empezó a darse cabezazos contra el papel de colgadura, contra los gruesos bloques detrás del papel, contra las piedras más viejas que los bloques cubren. Enfermo y excitado y decidido a purgar todos mis pecados me di golpes cada vez con más fuerza, dichoso, dejando que la sangre salvadora me mojara el cráneo y después las mejillas y el cuello de la camisa. Antes de los últimos golpes y el desmayo final, el viaje claustrofóbico que es la vida, libre por fin de todo deseo, me pareció aéreo, livianísimo, perfecto.

*

Me levanté cubierto de sangre seca. Me lavé hasta la perfección, hasta que el nuevo dolor desplazó al viejo, dejando solamente el blanco perfecto de los baldosines brillando detrás de la tina. Después hice lo que debí hacer desde el principio: fui a tu cuarto, abrí la ventana, abrí el cajón de tu mesa de noche, puse las bragas en un plato de vidrio, las regué con tu perfume y las quemé en el instante mismo de soltar las cenizas sobre el contenedor de basura del patio.

*

Pude hacer de nuevo la siesta después de un día de trabajo normal, de comer a las horas, de controlarme para no dedicar ni un minuto a la contemplación de Irina (demasiado flaca, cada vez más seria, caminando descalza y medio desnuda, como un animal distinto).

Soñé con su papá. Estábamos juntos en la cárcel, en la misma celda, yo sabiendo que él había sido condenado a cadena perpetua por mi culpa. Ahí, a punto de que me liberaran sin motivo, el gordo entendía que había sido yo quien lo había denunciado. Le pedía al guardia que me dejara un rato más, que quería decirme algo. El guardia se quedaba mirándonos durante unos segundos grises que en el sueño parecían días o meses. Cuando por fin nos dejaba solos, el padre de Irina me obligaba a apoyar la cara contra la pared y yo sentía que mi cuerpo no era este sino el de Irina, que estaba triste y flaca y adolorida, y que estaba ahí, en la celda, pero también en el apartamento vacío.

Entonces el guardia se asomaba y nos miraba de nuevo, con una sonrisa lujuriosa, cuando el gordo me bajaba los pantalones y me susurraba algo en el oído, en un idioma desconocido, antes de penetrarme con todas sus fuerzas. Yo intentaba moverme, intentaba gritar, pero las piernas no me respondían y la voz no me salía.

*

Al amanecer, antes del café y de las pastillas, como si hiciera falta otra vez, como si no fuera ya suficiente, estuve una hora mirando a Irina. Tendida en su cama me pareció un cadáver perfecto, durmiendo así, desnuda, frente al lente de mi cámara pero también en otro cuarto, distinto, en muchos cuartos del pasado, en la vieja Europa (su cuerpo largo, delgadísimo, su pelo largo y extendido cayendo de la cama, su boca entreabierta y sus ojos cerrados).

*

Antes de dejar el mundo de los vivos haré todo el ruido que pueda, para que despierten los que duermen, en la ciudad y en la vieja república y en Europa entera. Seré el más valiente, llegado el día N. Y al final, cuando todos lo entiendan y me sigan, quedará solamente una paz nueva, justa, iluminando la tierra liberada.

*

La luz del amanecer se filtra entre los sauces. El tren avanza por la ruta de las colinas boscosas, en dirección al pueblo de B. Solamente está el paisaje, el glorioso paisaje de las colinas al amanecer. Lloro antes de bajarme, viendo los tractores en los surcos, los grupos de árboles en medio de los sembrados, los viejos cables eléctricos con cuervos que esperan a que se acabe de levantar la luz de la mañana. Lloro al bajarme también, sin lágrimas, y luego en el viejo bar de la Rue MP, rodeado de trabajadores, de hombres dispuestos a darlo todo por lo que son, por lo que fueron sus padres y también los padres de sus padres.

Ya en camino, sintiendo mis pies que se hunden en el barro helado, oliendo la humedad de la tierra fértil, el humo de las fogatas lejanas, el pasto seco, la boñiga, creo saber que algo en mi cuerpo está cambiando. Y que debo mirarlo pronto, antes de que desaparezca y no me quede más remedio que volver a ser quien soy. Creo sentir una pequeña piedra blanca, creciéndome en medio de las tripas, y entiendo que estará ahí el resto del día para hacerme compañía. Casi la puedo ver, oyendo el ritmo de mis pasos. Una piedra fría, ovalada, perfecta, indiferente al mundo.

Abro el portón del establo y caliento el tractor durante diez minutos antes de llevarlo a los surcos. Recorro la tierra solamente por el placer de hacerlo, por la dicha humilde de estar ahí, por la certeza de que como yo hay cientos de miles, millones, dispuestos a dejarse la vida cuando el día N suceda y el eco atronador de lo que al principio parecerá solamente el vacío llegue hasta ellos, retumbando, agitando los sembrados y las ramas de los árboles, haciendo vibrar el pasto.

A las diez de la mañana me bajo del tractor, como un pan con queso de la región y a mano, durante cuatro horas, reparo las cercas dañadas por la humedad, feliz por estar participando de ese ritual que me ayuda a recordar quién soy y para qué estoy en el mundo (para volver a ver el destino luminoso que me espera cuando se haga la voluntad de la vieja república, cuando yo lo entregue todo defendiendo lo que somos, lo que era el continente antes de la invasión de los cobardes (lo que será otra vez, muy pronto, cuando todos los intrusos hayan regresado a las cloacas de las que nunca debieron salir)).

*

La piedra blanca, me doy cuenta, ha desaparecido. Ya no brilla en mis vísceras. Está más bien en algún rincón carnoso y fuerte que desconozco, entre dos huesos, arriba de las caderas pero delante de la columna (en la imagen que todo eso produce en mi cabeza). Cansado, acompañado por mi piedrita, voy al pueblo a celebrar que mi cuerpo esté todavía vivo sobre la tierra, fuerte, dispuesto a sacrificarse.

Pido una ensalada fresca, un trozo de carne local poco cocida, una botella de soda. De regreso en la granja me encierro en el viejo establo y me dedico a pulir la forma y a perfeccionar el mecanismo de mis artesanías, como siempre, pero hoy además dibujo los tres últimos bocetos del signo (del mío, del que lo dejará todo claro, llegado el último día). Cuando encuentre la versión definitiva me gustaría poder mostrártela, aquí, en el establo, en la realidad, pero tendré que conformarme con que la mires desde el más allá. Cuando llegue a hacerte compañía, cuando acabe el glorioso día N, no podremos parar de reírnos.

Mientras tanto, confuso todavía, desarticulado, el primer borrador.

Las enes nuestra dicha:

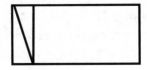

Y un poco excesivo, el segundo:

Y el tercero, mucho mejor:

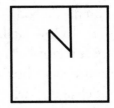

2

Irina vio al Corso entrando al apartamento, desde el balcón de las plantas muertas, a través del vidrio limpio de la puerta. Cuando salió a saludarla yo lo vi también. Los vi, a los dos, sonriendo, jóvenes y hermosos, sus caras ampliadas y pixeladas en mi pantalla.

Ya bajo el sol ella se quitó los zapatos muy despacio, fumando para él, sonriendo desde el principio, doblando las rodillas y abrazándolas con un brazo y arrugando los deditos perfectos de los pies sobre la silla metálica.

Él a cambio le mostró unos dientes blanquísimos, una mandíbula tan fuerte y amplia como el pecho, los gestos mediterráneos, el ronco encanto de su voz. Y unos ojos despiertos, brillantes, mirándola de arriba abajo y desplegando la oferta entera:

Si ella quería, él podía defenderla del mundo.

Sin importar lo que costara.

Y además sería divertido.

Y el placer sería tan intenso que su cuerpecito casi no podría aguantarlo.

Lo hizo así, sin miedo ni pudor alguno, a plena luz del día. Ignorando la presencia de los dos hermanos en el apartamento, ignorando las ventanas desde las que un curioso como yo podría verlos.

*

El martes a través de la cortina a medio abrir vi con los binóculos la cara de Irina fumando en el balcón. Me pareció muy distinta. No contemplaba las culatas grises de los edificios ni las plantas medio muertas ni el cielo gris suspendido sobre nuestras cabezas. Sonreía ligeramente, movía los ojos como si estuviera teniendo una conversación imaginaria, sostenía el cigarrillo como si hubiera fumado toda la vida.

*

El jueves se encontraron en el Boulevard D, en el andén contrario al de las salas de cine, en una terraza. Los vi desde la puerta de las salas, con mi mascarilla de papel contra enfermedades respiratorias bien acomodada sobre la nariz y las mejillas. Se rieron mucho, deseándose, rozándose las manos. Cuando acabaron y cruzaron para hacer fila bajo el gran cartel de una película de terror, crucé yo también y me senté en la terraza.

Contra mi costumbre y contra toda prudencia, durante las dos horas siguientes me tomé cinco copas de café oscuro y me comí una bolsa entera de caramelos. Acabada la película fueron los últimos en salir. Riéndose en voz alta, abrazados por la cintura, recostando ella la cabeza en su hombro.

Viéndolos desaparecer en la luz del atardecer supe lo que ya sabía desde el principio pero creí que acababa de descubrirlo: el mundo y nuestras vidas en el mundo estaban a punto de cambiar para siempre.

*

No te lo he descrito. Es alto, moreno, musculoso, tiene el pelo negro y los ojos verdes. Es carismático y parece no tenerle miedo a la violencia. Es un hombre con el que cualquier mujer querría estar, en cualquier situación, y para Irina, ahí y en ese momento, es el hombre perfecto.

*

Fue a la 1.37 am.
Anoche.
Los paraguayos apagaron las cámaras.
Primero la del cuarto de Irina.
Después la del baño.
Y después también los micrófonos: el del cuarto, el del baño, el de la sala.
Saben que alguien los mira.
Tal vez saben además que el mirón soy yo.
Y si saben que existo, tal vez sepan también de mis artesanías, de la granja, de los preparativos para el día N.

La velocidad del pánico es más rápida que la del pensamiento. Inmediatamente mi cuerpo se pone a temblar.

*

No pude escribir más páginas del diario. Estuve nueve días encerrado en la casa, sin poder formular pensamientos, sin comer, sin dormir. Creí que ya no saldría más a la calle y que me moriría de hambre. Esta mañana, sin que mi voluntad tuviera nada que ver (como si hubiera sido escogido para ser el único beneficiario de un milagro), me atreví a bañarme. Me vestí, cociné un poco de arroz, comí de nuevo y bajé las escaleras muy despacio, preparado para lo peor.

En el recibidor, antes de llegar al portón, encontré parqueada la moto de un mensajero. Me robé el casco y salí. Los paraguayos no me estaban esperando en la puerta. Con la cara todavía oculta compré provisiones para dos semanas en la tienda de la rumana, fui a la Place du DM para comprar pastillas y saqué quinientos euros de un cajero automático. Preparé tres mudas de ropa y a las once de la noche llamé a un taxi que me llevó directamente a la granja.

Y ahora estoy aquí, solo, en medio del silencio. Feliz por estar vivo, escribiendo mi diario (tu diario, Eva mía): feliz también por saber que mañana y al día siguiente y así hasta que el cuerpo aguante estaré trabajando en la ejecución de las artesanías que sabrán revivir a los muertos.

Los amplios campos de la república me curan. Sus colinas onduladas, mi granja perfectamente plana, los surcos, el barro levantado por las aspas del tractor, la tierra abierta y lista para recibir las semillas de esta última cosecha (que me sobrevivirá, que se convertirá en la primera comida de los nuevos ciudadanos).

He conseguido el total dominio de las técnicas ancestrales requeridas para poder construir la estructura interna, para sellar los moldes y pulir el yeso, para impermeabilizarlo todo. Con lágrimas en los ojos pongo sobre el mesón el primero de los ángeles acabados. Es perfecto, limpio, como el que haría un escultor. Parece realmente estar conectando las fuerzas del cielo y las de la tierra, con ese brazo suyo vertical como el de un niño pero también decidido y fuerte como el de un adulto o el de un hijo de dios.

Excitado por el resultado me digo que solamente dejaré de trabajar cuando estén listos los tres ángeles y cuando germine la cosecha y cuando hayan sido despejadas todas las dudas acerca de cuál debe ser el signo del día N, que será repetido hasta la infinidad cuando yo haya muerto.

El empeño me dura solo seis días.

No me alcanza siquiera para tener listo el segundo molde ni para alterar la geometría del signo, aun-

93

que intente consolarme diciéndome que por lo menos la última cosecha está ya sembrada.

Lo que sucede es que me despierto de una pesadilla en la que veo la carretera que está al lado de la granja. Por la carretera pasa, haciendo mucho ruido, una motocicleta manejada por el Corso, quien lleva puesto un casco antiguo y unas gafas muy grandes y redondas de marco de caucho y una bufanda negra. Irina va sentada detrás, abrazándolo, y cuando me ve se despide agitando la mano muy despacio, con una sonrisa amplia, como si supiera que ellos se dirigen a un mundo mejor y que yo me quedo aquí. Me digo que debo responder el saludo, que debo ser valiente, que eso es lo correcto y lo justo y que nada debo hacer para impedirlo: que deben largarse de una vez, que todo debe acabar ya. Cuando lo intento me doy cuenta de que no tengo brazos, solo unos muñones rojizos a la altura de los hombros.

Me despierto sudando, abrazado a la cobija, sobre el catre, en el rincón más oscuro del establo. Entiendo que ya han pasado seis días y que no es posible que la policía haya esperado tanto tiempo para venir a llevarme preso. Eso quiere decir que el día N todavía es posible (y si lo es, tal vez también sea posible la escena perfecta en la que Irina se baja de la motocicleta del sueño y corre para abrazar con todas sus fuerzas a este mutilado que la espera dichoso, abriendo lo más que puede los brazos abiertos que imagina).

*

94

Llevo tres días de regreso en el apartamento y a través de los binóculos y desde la cámara en mi fachada las rutinas siguen siendo las mismas. El padre y el hermano menor se acuestan y se levantan tarde, Irina les cocina desayunos y cenas. El padre la mira y la desea.

El primer viernes me pongo la peluca negra y sigo al hermano hasta la callecita oscura cerca de la carrilera, la del Distrito R, en donde se acerca al edificio amarillo. La oscuridad absoluta de la madrugada me sirve de escondite. La rutina es idéntica a la de la primera vez, con la diferencia de que cuando suena el teléfono celular no hay ninguna mano saliendo por la ventana. Suena solamente dos veces y después un interruptor operado desde el apartamento abre el portón de la calle y el hermano de Irina entra.

Pasada media hora no hay novedades en el edifico. Un local abre a media cuadra, al lado de las vitrinas tapiadas de lo que fueron una tienda de ropa y una panadería. Venden sándwiches, café malísimo y dulces, para los obreros que salen a esa hora a trabajar. Cuando entro casi me hace vomitar el olor a salchichón y a colillas. Mientras me tomo una botella de agua mineral y me como una barra de chocolate, el lugar se llena de obreros blancos y pobres. Las miradas que recibo son hostiles (no pertenezco a su clase social, no tengo su fuerza ni su capacidad de sacrificio y todavía es imposible que puedan ver en mi mirada el mundo nuevo y perfectamente limpio que estoy a punto de darles).

Me concentro en mi ventana, en el portón del

edificio amarillo. Se abre cuando han pasado treinta y cinco minutos. Salen, riéndose, el Corso y el hermano de Irina. Pasan la calle y creo que se dirigen al local y se me cierra la garganta. Están a pocos metros de la puerta cuando el Corso activa un botón en su llavero y abre un carro nuevo, con vidrios negros y llantas más anchas de lo normal. Se suben y se van.

Es el Corso quien les da la mercancía a los paraguayos. Es su proveedor y por lo tanto está un eslabón más arriba en la estructura de poder. Será difícil hacerle entender a Irina que el paraíso que ese hombre le ofrece no existe. La disciplina y la persistencia son mis únicas virtudes, y deberán hacerse indestructibles si quiero que ella me conozca y que me quiera antes del final de los tiempos.

*

Me hago un habitual del café infecto.

El tendero, viejo, fuerte, con cara de haberlo aguantado todo, se tiene que controlar las ganas de preguntarme quién soy. Debe creer que soy un comerciante de drogas o un policía o un vago con dinero. Hoy el Corso se encuentra con el hermano mayor de Irina y se van en metro y después en tren de cercanías hasta el famosísimo suburbio de ZUS. Yo nunca había estado, pero es idéntico a como lo muestran las noticias. Un barrio de torres como tabletas de chocolate blanco, distribuidas simétricamente, extendiéndose entre parqueaderos vacíos hasta donde alcanza la vista (hasta lo que, estando allí, parece ser el infinito). Torres de chocolate blanco mal construidas hace más de treinta años y cayéndose ahora mismo a pedazos, frente a mis ojos. Infestadas de morenos, negros y asiáticos que parecen tener sus propios negocios y sus propias brigadas de seguridad y seguramente también sus propias armas.

La estación del tren de cercanías está hundida en el suelo y solo puedo salir a la superficie unos minutos, como un topo asustado, antes de volver a pararme en el rincón que hay frente a la ventana blindada del empleado de la empresa de trenes (que me mira y parece tan aliviado como yo por estar viendo a un ciudadano en medio de esa jungla). Antes de bajar alcanzo a ver cómo el Corso y el hermano mayor de Irina entran a una torre que tiene varios pisos tapiados, cómo vuelven a salir, cada uno con una bolsa plástica, como si hubieran estado comprando comida. Es ahí donde el Corso recoge la cocaína que los paraguayos y seguramente otros parásitos de otras zonas de la ciudad se encargan de repartir. No espero a que regresen. Cuando oigo el tren que entra a la estación bajo corriendo, abriéndome paso entre los cuerpos de por lo menos veinte oscuros que salen, y salto al único vagón vacío.

*

Es domingo, otra vez, y ya quedan muy pocas.
Las palabras salvadas del periódico hoy son:
Bosque.
Verdugo.

Sol.
Las meto en el frasco, las olvido.

*

No es necesario seguir a Irina y al Corso. Los detalles del cortejo no me interesan porque el resultado será en todo caso el mismo. Seguramente caminan por un parque, seguramente miran la televisión, toman cerveza, ven comedias en el cine. Seguramente Irina, pequeña y dulce, liviana al lado de esa mole, sonríe como si ya los demás no existiéramos. Irina no es una novata. La imagino en la cama con el Corso. Puedo jurar que antes de conocerlo ya ha sido penetrada vaginal y oralmente, tal vez varias veces. Puedo saber también, es clarísimo, que nunca gozará tanto como con ese delincuente fuertísimo y entregado, desnudo, dispuesto a cumplir todos sus deseos.

No dejo de ver, una y otra vez, entremezclada con las muchas horas de insomnio, la secuencia de lo que ya ha sucedido. La mejilla de Irina enterrada en la almohada, su cuello mojado de sudor, los ojos cerrados y las mandíbulas muy apretadas, la espalda arqueada como la de un gato mientras el Corso, musculoso, sujeta con sus dos manazas esa cintura tan estrecha y penetra el cuerpo y levanta la cara y bufa. No los veo (no puedo ya ver nada, la familia de Irina me ha dejado ciego), pero estoy seguro. El Corso empujándola, los músculos, los tendones y los ligamentos, toda esa fuerza concentrada abajo, adelante, haciendo que se balancee el cuerpo flaquísimo de ella, doblado, que se entierre su frente en las almohadas tan blancas. No oigo los aullidos, ni siquiera en la imaginación. Los imagino devorados por los bramidos de él, terribles, hambrientos, robándose el alma de mi niña y dejándole a cambio solamente vacío.

*

No ha sido mi culpa.
Te lo juro.
No he tenido nada que ver.
Apresaron al Corso anoche.
Me lo dijo la rumana de la tienda, sin que viniera al caso: Irina ya no está sola, Irina tiene un novio, al novio se lo han llevado preso.

*

No puedo verla, pero sé que está rota. No me conoce todavía y tal vez nunca me conozca y por eso cree que ese amor sumiso, entregado, suicida, es el mejor de los amores posibles. Esta mañana ha ido a visitarlo a la cárcel de LS, en donde lo tienen encerrado a la espera del juicio. Se ha quedado de pie media hora, en medio de una fila de mujeres, en la calle, aguantando ese viento frío y las miradas de los que detienen sus carros en el semáforo. Cuando llega su turno, los guardias reciben sus documentos, los revisan y le dicen que se retire de la fila. Estoy muy lejos para poder oírlos, para saber qué es lo que pasa. Irina reclama, gesticula, grita. De nada sirve.

*

Ha pasado una semana y hoy Irina regresa a la fila de la cárcel. No consigue nada. El Corso no quiere verla. Nunca la amó o es casado o no quiere hacerla sufrir. Si Irina logra sobrevivir estará por fin preparada para recibir las buenas nuevas que estoy dispuesto a entregarle.

*

No ha salido de la casa en cinco días y yo no puedo verla.
Sobrevivirá.
Saldrá.
Solo debo esperar, concentrándome en no perder otra vez la cordura.

*

Hoy fui a renovar el registro de mi granja y me atendió una mujer árabe con velo. Me sonrió con lástima, como si ser granjero mereciera su compasión. Me ayudó a llenar los formularios y se saltó la siguiente fila para llevarme directamente a la ventanilla que me correspondía. Seguramente la mención del campo le ha recordado las cabras malolientes y los niños famélicos de su desierto natal (y los hombres analfabetos que llevan siglos intentando sacarle comida a ese desierto).

*

Hoy por fin la vi en el balcón. No fumó, no miró el cielo ni las fachadas. Bajó la cabeza y se concentró en el suelo y se balanceó así, una y otra vez, abrazándose, como si fuera una autista y tuviera mucho frío, como la viuda reciente que es.

*

Esta mañana volvió a salir a la calle. Diez días después de haberse encerrado. Caminó hasta el Parc de DBC y lo recorrió muy despacio, como una borracha, mirando fijamente adelante aunque su cuerpo no le respondiera del todo, asustándose a veces con el crujir de una rama bajo sus pies o con el trino de un pájaro. Como si el fantasma del Corso estuviera a punto de materializarse, como si el Corso real, que solo dos semanas antes la había conducido de la mano por ese camino florido, ahora se escondiera detrás de los setos, enloquecido o transformado en un monstruo ávido de sangre. Después de dos horas de dar vueltas sin rumbo por fin se sentó. Se miró muy despacio los zapatos y las manos y las piernas, y levantó la mirada a ese cielo gris, sin nubes, que tampoco supo explicarle nada.

*

Aparece y desaparece en la sala. Ve la televisión a cualquier hora del día o de la noche. Lo que haya.

Shows en los que un falso médico da consejos. Shows de discusiones sobre política francesa que no entiende. Telenovelas latinoamericanas. Documentales sobre pandillas. Películas de los años ochenta. Concursos de habilidades físicas. Todas las mañanas cumple puntualmente con la obligación de alimentar a su hermano y a su padre. Son lo que son, le han hecho todo lo que le han hecho, pero también son lo único que le queda en la vida.

*

Un gato camina por el alero de su ventana. Ella se le acerca muy despacio. El gato la ve y en vez de largarse se queda, se sienta, la espera. Ella abre y regresa al sofá, casi sonriendo. Sin quitarle los ojos de encima y arrugando un poco los ojos y el morro, poniendo su cabeza sobre el codo doblado, como si fuera ella el gato, Irina espera.

Media hora está así, muy quieta, hasta que el gato pierde el miedo y entra muy despacio y va a sentarse cerca de su cuerpo, en el brazo del sillón desvencijado. Así se quedan los dos, acompañándose en silencio, mirándose a veces, hasta la hora del almuerzo.

A las dos Irina se pone de pie de un salto, como una adolescente. Sin preocuparse por lo enfático de sus movimientos, por una sonrisa que ahora es demasiado tensa, como la de una loca, va hasta la cocina y abre dos latas de atún, una para el gato y otra para ella. Acompaña la suya con tostadas de pan viejo y medio litro de Coca-Cola, mientras el gato se come la otra en un rincón, sola.

El animal duerme un poco más de una hora. Cuando se levanta se despereza, se acerca a Irina dormida y le hace cosquillas con el morro en el cuello. Sin abrir los ojos del todo, sin consentirlo (sabiendo que es un gato y no un perro), ella se levanta, camina hasta la ventana, la abre y espera a que él salga.

*

A pesar de que la cosecha ya no necesita nada más que agua y sol, yo sigo yendo a la granja tres veces a la semana. Para que me vean los campesinos, pero también para deshierbar cada rincón y para cambiar los leños del camino que lleva de la carretera al establo y para lijar y pulir la madera de los muros, para cambiar las tejas y aplanar el suelo de tierra. Para respirar. Para dejar que me nutra el campo de la república y me contagie de toda esa calma, de ese orden perfecto (el de una tierra que lleva cinco mil años recibiendo todos los cuidados necesarios para alimentar a los ciudadanos honestos que la trabajan). Dedico además la mitad de cada día a los acabados finales de las artesanías. Yeso, impermeabilizante, hierros, circuitos. No tengo que explicártelo. Y al final, siempre media hora antes de regresar, dibujo nuevos bocetos de la imagen que definirá los tiempos por venir, cuando ya no esté yo.

*

Regreso del mercado. La libra de sal subió diez céntimos de euro, la de arroz veinte. Imagino lo que me espera antes del día N. Cinco semanas de trabajo, de concentración, de devoción y fe. Después, con la misma gracia natural con que empezó, con el mismo alivio indiferente de lo inanimado, todo se habrá acabado.

En eso estoy pensando cuando tuerzo hacia la izquierda en la esquina de J y L y la veo. Está sola, a menos de veinte metros, en la terraza del café F. Está tomándose una cerveza y sonríe mirando la luz del sol que brilla entre las copas de los árboles enclenques, al otro lado de la Rue de V. Es solo una niña (es mucho más niña vista así, de cerca, en la calle bien iluminada). Lo es a pesar del maquillaje, de los tres pendientes de oro falso en una oreja, de la blusa que le aprieta las tetas bajo la chaqueta abierta, a pesar de una pierna doblada bajo el culo y de un cigarrillo que parece larguísimo en la mano izquierda.

Veo todo eso en menos de un segundo, en el tiempo que me da la cabeza antes de sentir el corrientazo del pánico, dándome cuenta de que ya no hay marcha atrás, de que llamaré más la atención deteniéndome en seco y revolviéndome por la acera, o cruzando la calle sin esperar al semáforo. Siento que mis piernas pierden fuerza y casi trastabillo cuando doy los primeros pasos en dirección del estrecho pasadizo que hay entre el bordillo del andén y la mesa en la que ella toma el sol como si fuera una mujer.

Cuando ya estoy frente a su cuerpo, sintiendo un temblor en la base del cráneo que seguramente es visible, no puedo controlarme y levanto los ojos para verla. Me está mirando con una mezcla de curiosidad y de lástima. Es entonces cuando, a pesar mío, mi boca le sonríe y tengo que apretar mucho las mandíbulas para no salir corriendo cuando su mirada se trasforma y en una milésima de segundo reemplaza la compasión por algo parecido a un interés juguetón, al interés juguetón de los gatos, que ahí se me hace tan parecido al deseo sexual de una mujer adulta. Como puedo, bajo los ojos al suelo y acelero el paso.

*

Otra vez está sentada en la mesita del café. Como si no tuviera otra cosa que hacer. Toda ella, hoy también: su sudadera gris con líneas verticales doradas, sus collares de oro, sus tenis blanquísimos y el maquillaje y los anillos y el cigarrillo que fuma como cree que lo hacen las mujeres. Me mira de arriba abajo y yo decido no saludarla, pero es peor. Se ha dado cuenta de que estoy aterrorizado, se ha quedado mirándome por la espalda mientras me he alejado. Es imposible que una joven así, en plena edad reproductiva y bendecida con todos los dones disponibles (la belleza y la inteligencia, pero también la falta de restricciones morales que hacen una vida sexualmente plena), se fije en un tipo como yo. Y sin embargo sí, parece que realmente es a mí a quien mira cuando al día siguiente paso a la misma hora frente a su silla y logro saludarla con una mirada practicada minuciosamente, entre cordial y condescendiente, como si no

105

pudiera ver en ella nada más que una desvalida adolescente llegada de algún país de barro, atrapada en esta ciudad que no está hecha para ella (como si no viera su boca, su cuello joven, sus clavículas, las tetas que ya conozco, más abajo, y el ombligo y después el animalito escondido entre sus piernas). Sigo de largo y mientras lo hago sé que la comedia no aguanta más, que pasar por ahí es un riesgo demasiado grande. Una cosa es estar obsesionado con una inmigrante bellísima a quien nadie parece querer, y otra muy distinta es exponerme a ser humillado por toda su juventud y su altanería, poniendo así en peligro no solamente mi cordura sino el destino del mundo entero.

*

Huyendo de su presencia he tomado el camino más largo a la farmacia. He evitado meticulosamente mirar a los perros y a los niños, a las parejas que se besan, a los viejos que se pudren, a los inmigrantes que solo están ahí, detrás de todo, como un decorado marrón más barato que todo lo demás. Miro entonces solamente el suelo y camino sin detenerme, rezando para que mi campo de visión se tope pronto con una silla del parque. Sucede en cambio, en medio de ese sol que nada deja escondido, que mis ojos asustados se topan con sus pies.

No puede ser pero es, ahí, sucede, tan lejos de su edificio y de mi ventana. Está sentada en una banca de madera a un lado del camino de gravilla y cuando me doy cuenta de que es ella ya es demasiado tarde porque sus ojos me están mirando de arriba abajo, despreciándome pero también lanzándome un desafío del cual no podré escaparme. Le sonrío de la forma más neutra que puedo pero ella sabe que miento. Algo en mi cabeza se muere de ganas de destruir todo lo que ha construido, de incendiarlo para que mi cuerpo pueda morirse en sus brazos.

Parece conocerme bien porque lo que hace es decir en voz alta buenos días y después posa una mano sobre las tablas de la banca y la palmea tres veces, como diciéndole a la mascota en la que me está convirtiendo que se tienda a su lado, que lama de su mano, que ponga la mandíbula en su canto. No hay nada más que eso en el mundo y al detenerme, con el corazón doliéndome en el pecho, entiendo que esa mujer ha sido enviada para ponerme a prueba. Que está ahí para hacer que me olvide de lo importante, de mis artesanías, del glorioso destino de la república: para que tiemble como tiemblo al imaginar su piel, su olor, el peso de su mano en mi cabeza, sus brazos estirados abrazándome como nadie me ha abrazado.

No tengo más remedio que detenerme, que reírme, que dar tres pasos temblorosos hasta estar frente a sus rodillas. Me siento y huele mucho mejor de lo que esperaba: a un perfume almizclado y barato que no logra ocultar del todo los otros olores, los de su adolescencia, los de su ropa siempre nueva, los de su soledad. La huelo y sabe que la huelo, y después nos quedamos en silencio demasiado tiempo. Me ahogo, siento como si estuviera a punto de ser devorado. Es entonces cuando gira su cabecita y espera a que yo gire la mía y así, sin ningún recato, sus ojos exploran mis facciones, siendo yo el único ejemplar de una especie que nunca antes ha visto (la de los solitarios, la de los decididos, la de los mártires, todo eso quiero pensar, pero sé que ella solamente ve a un blanco jorobado y rollizo y sudoroso, a punto de tener un ataque de pánico).

Miro otra vez al frente, intentando disimular el miedo, hasta que ella, aburrida, saca uno de sus cigarrillos extralargos y lo enciende. Para divertirse, porque sí, me pregunta en dónde vivo y yo le digo el nombre de otra calle, en otro distrito, y me pregunta si me he dado cuenta de que nos cruzamos casi todos los días por accidente y yo le digo que no, y después se queda otra vez callada y me dice que no entiende por qué alguien como yo está siempre solo. Y por la forma en que pronuncia la palabra *siempre*, sé que sabe que no es solamente cuando la veo, sino cada minuto de todos los días de cada año, la vida entera que me ha sido dada en esta tierra.

Decido que voy a echar a correr pero me duelen las rodillas, y antes de que encuentre las fuerzas para hacerlo me toca el hombro con su dedo índice, giro la cabeza para mirarla y se ríe en voz alta y me dice que no muerde (y ya no puedo pensar nada más).

*

No sé si sucedió ayer o antier y ya no me importa. Irina se puso de pie, en la misma banca, en el mismo prado de los Jardins DE, y yo me quedé sentado y me miró a contraluz desde una altura que me pareció angelical, dejándome ver además la pequeña separación entre sus dos dientes superiores, envueltos en esos labios de bestia morena. Después estiró una manita liviana y fría, esperando a que la mía (pesada, caliente, siempre roja) la apretara, para poder alejarnos así del mundo y de sus sufrimientos, juntos, por el sendero.

*

No me ha exigido que reniegue de la pureza de la república ni de la santidad de mi familia muerta. Solamente me ha llevado hasta el café (el F, el mismo de siempre, la misma mesa) y ha pedido capuchino para los dos y después me ha sometido a un interrogatorio completo al que he respondido con mentiras de una coherencia suficiente como para construir una vida que resulte verosímil para ella y para mí mismo. Yo en cambio no he querido preguntarle nada porque lo sé casi todo y porque no quiero conmoverme sabiendo que no me miente ni indignarme sabiendo que lo hace. Cuando acaba de preguntar y yo acabo de responder, pide la cuenta, pagamos por mitades y me dice que la acompañe hasta la puerta de su apartamento, como si realmente yo pudiera protegerla de alguno de los peligros que acechan en las sombras.

*

La he visto tres veces más. No me he detenido a saludarla, intuyendo que la indiferencia me puede servir para acercarla más (o en todo caso para conservar lo poco que queda de mi dignidad). La cuarta vez ha llegado hoy, en un pasillo de la tienda. Yo cargando una lechuga y una lata de maíz y una bolsa de pan negro en descuento. Ella con un paquete de salchichas y una botella de ron barato. Casi nos hemos chocado y he sentido o he creído sentir la tibieza de su piel rozando la mía, la dulce liviandad de su aliento.

Solo miramos lo que el otro tenía en las manos, como si eso dijera algo más acerca de lo que somos, y después nos saludamos torpemente, al mismo tiempo, intenté pasar a su lado y acabé rozando su mano derecha, que dejó caer el paquete de salchichas. Nos agachamos los dos. Ella riéndose en voz alta y yo temblando de miedo. Ella llegó primero a las salchichas y se puso de pie y desde las alturas, completamente erguida mientras yo seguía postrado, otra vez disfrutando de ese juego cruel, me lo dijo: *¿Quieres ir al cine?* Y como yo no pude responderle apoyó su manita fría y liviana sobre mi cabeza y me pidió que la dejara pasar.

Tuve que apoyarme en el estante de los enlatados para no desplomarme, y fue justo en ese momento cuando una energía nueva, muy superior a mi fuerza de voluntad, tomó posesión de mi cuerpo. La energía del deseo, sí, pero también la mucho más dulce energía de la autodestrucción. En lugar de huir, me quedé muy quieto. Y miré, con toda la calma necesaria, sin disimular que miraba, cómo su culo pequeño, metido en un bluyín muy ajustado, se alejaba al ritmo de esas piernas larguísimas, de las plantas de los pies que se apoyaban y se separaban del suelo, como llamándome.

Cuando llegué a la caja no tuve que improvisar: ella ya sabía que podía hacer conmigo lo que le viniera en gana, y lo que hizo fue pedirle un bolígrafo a la rumana, anotar en un folleto de comidas congeladas el número de su teléfono celular, decirme *ocho, a la entrada del teatro BB* y alejarse en dirección a la luz sin esperar mi respuesta.

*

Me tomo veinte miligramos de Ritalin y uno de Xanax para estar despierto pero calmado durante nuestro encuentro. Llega tarde, como todos los inmigrantes. Yo la estoy esperando frente a las grandes puertas del teatro abierto, vestido con mi única camisa (huele a naftalina, me queda estrecha) y con los últimos zapatos de papá. Ella tiene la misma ropa de la mañana y, al mirarme, en el desprecio de su boquita aparece algo parecido a la compasión: una compasión entrañable, acogedora, una que perfectamente puede convertirse en amor (eso lo piensa mi cabeza a pesar mío, durante un instante que olvido inmediatamente y que solo ahora recupero).

No habla. Se detiene frente a mí, muy cerca (solo entonces noto que es tan alta como yo), me da tiempo de oler otra vez su perfume dulzón, me arregla el cuello de la camisa aunque está perfectamente recto y después me toma del antebrazo como si fuéramos una pareja de viejos en lugar de este ciudadano prematuramente débil y esa belleza sudamericana hipersexuada, y me arrastra hasta la tienda de la sala y me compra palomitas de maíz y las boletas, sin esperar que la compense, y me lleva así hasta las dos sillas ubicadas frente a la pantalla, en medio de la quinta fila.

Al sentarnos creo oler algo bajo el perfume dulzón y el jabón de la ropa y el suavizante y la crema humectante que se unta en la piel. Algo que está más adentro, en los pliegues de su piel, entre sus piernas o más adentro aún, dentro de su carne, en sus tripas. Lo imagino todo, claro, es imposible que ese olor me llegue, ahí (y si me llegara sería incapaz de identificarlo), pero es muy tarde para distraer la atención porque ella ya sabe que la deseo así, como un ermitaño, como un violador, como el viejo desesperado que soy (uno que nunca ha olido nada de eso ni lo ha probado pero que lo ha estado imaginando durante toda su vida y que ahora cree haberlo encontrado en su cuerpo).

La película es malísima. Los espectadores, maleducados por películas y por libros mucho peores, víctimas todos de un sistema educativo en ruinas, se ríen en voz alta, comentan entre ellos, mastican dulces con la boca abierta. Será esa escoria la primera en salvarse por obra y gracia del héroe trágico, cuando llegue el día de la liberación. Mientras se redimen, mientras llega el tiempo de su reeducación, no hay más remedio que darles, también a ellos, una libertad que no se han ganado, que no valoran, que disfrutan solamente gracias a los méritos de sus antepasados.

Faltando pocos minutos para que se acabe la tortura, Irina pone una de sus manos en mi rodilla y confirmo que realmente pesa poquísimo. Sus dedos están tan fríos como el cuerpo de un gato no del todo muerto, uno que puede despertarse de nuevo en cualquier momento, y así, gatico moribundo, ligero temblor que solo puede ser real, suben desde mi rodilla, muslo arriba, para detenerse muy cerca de mi entrepierna. Entonces, como he imaginado siempre que hacen las parejas en los cines, recuesta su cabeza en mi hombro y puedo oler su pelo y siento que me convierto en otro, a mi pesar, en algo parecido al hombre lobo de los libros, y que puedo ahí mismo echar su cabeza hacia atrás, romper su cuello y comerme toda su carne, así, cruda, a mordiscos, y beberme además sin pausa toda la sangre de su cuerpo joven.

Conteniendo esas ganas de desatar toda la furia que su piel quiere provocar en mi pecho, llevo mi mano también temblorosa pero fuerte, pesada, erizada de venas, hasta ponerla encima de la suya (y entonces mi mano está a punto de salirse de control y de apretar la suya hasta romperla). Aguanto la película entera así, tenso, no sabiendo si debo gritar o si debo obedecer a las alucinaciones y tocarla, tocar su coño, y después besarla hasta asfixiarla. Cuando por fin se encienden las luces ella quita mi mano y levanta la cabeza, me aprieta una oreja entre el índice y el pulgar, se pone de pie y se aleja por la fila sabiendo que miro su culito en movimiento.

Solo ha necesitado tres horas para convertirme en lo que, mientras la veo alejarse, creo que soy. Un hombre a punto de consumirse en las llamas del deseo por su cuerpo. Su violador platónico, dispuesto a usar el tiempo que le queda antes del descenso al infierno para matar por ella pero también para matarla a ella, si así me lo pide: el único hombre con la furia suficiente para destrozar sus huesos, para comerse su carne, para sorber esos ojos agradecidos hasta no dejar más que las cuencas vacías.

*

Lo he arruinado todo y tal vez ya no estás allá, del otro lado, escuchándome. Tal vez has tenido suficiente de mi delirio y te has ido (y habrás hecho bien). Las palabras del cuerpo (de la ira, del deseo, del hambre) han tomado ya el control de mi cabeza y están a punto de lanzar prematuramente mi cuerpo al vacío y ya no se irán más, tampoco cuando sea un cadáver tenso y de mí queden solamente estas hojas.

De nada han servido las ablaciones, los raspados de piel, el ayuno. De nada los golpes y el silencio autoinfligido, el frío humillante, la desnudez forzada.

He perdido de antemano y han bastado tres horas y media para ponerme de rodillas. Antes de que pueda darme cuenta me he dejado invadir por esa necesidad salvaje, irrefrenable, de tragarme entero su cuerpo, llegado desde el trópico para envenenarme.

*

114

Solo ha necesitado tres días más para llevarme a su apartamento.

Me ha hecho entrar tomado de su mano, y al verla avanzar por la penumbra de ese corredor que conozco bien, entiendo que está actuando. Actuando para sí misma, no para mí, demostrándose con ese acto que es una adulta y que es dueña de su destino y que el sacrificio de su cuerpo la puede salvar de esa miseria de estar donde está.

Retumba el volumen muy alto de un televisor prendido, su hermano menor la saluda desde el otro lado de una puerta cerrada. Es cierto. Estoy adentro, estoy en la casa de juguete habitada y ahora son reales los muros y los muebles y los lobos. Me hace entrar en su cuarto, cierra y me sigue llevando de la mano hasta sentarme en la cama. No habla ni espera. Como en un show pornográfico, pone una música insoportable, falsamente erótica y electrónica y también de negros, una mezcla que nubla el pensamiento, y siguiendo ese ritmo nauseabundo baila frente a mí mientras se quita la ropa. Lo hace muy despacio. Me permite concentrarme en sus tetas pequeñas y firmes, en su ombligo en el que brilla un diamante falso, en sus muslos fuertes, en sus piernas ligeramente separadas. Todo eso, así, tibio y real, a pocos centímetros de mis manos, no consigue excitarme ni un poco.

Ella parece entenderlo justo a tiempo. Se detiene y en la rigidez de su mandíbula puedo ver que lo sabe. No debe quitarse las bragas. No nos conocemos. Le tengo compasión. No deseo su cuerpo (no así, actuando como en una mala película erótica, desnudándose como una profesional, encarnando la triste farsa del deseo pornográfico). No solo es vergonzoso sino que es también una humillación, el estar así, medio desnuda y desfigurada por las muecas de la pasión fingida, ofreciéndome su carne joven.

No la miro a los ojos. No puedo. Con una sonrisa que no creo demasiado fingida, con la atención concentrada en la suave curva de piel que hay entre su ombligo y sus teticas, no puedo sino quedarme muy rígido y en silencio, hasta que Irina me da la espalda, seguramente para siempre, y abre la puerta y entra en la luz muy blanca del baño del pasillo.

*

Las piernas ligeramente separadas de Irina de pie.

El vacío entre esas piernas, terminado en la seda tensa de unas bragas que esconden algo oscuro y húmedo, más arriba.

Durante once días están solamente los objetos del apartamento.

Los mismos de siempre, reales, perfectos, fríos, duros, y me aferro desesperadamente a ellos para no seguir cayendo. Las bailarinas de porcelana, la licuadora viejísima, perfecta, la mesita de madera oscura y pesada, un transformador eléctrico que ya no es necesario. Las uniones entre el suelo de madera y el muro color crema, la cenefa impecable, la pintura cubriendo una grieta, el polvo en la pintura.

Cuando suben y bajan las aguas turbias del pánico y de la culpa y del deseo, solamente los objetos son capaces de evitar que me vaya a pique. Porque a pesar del sol que hay afuera el mundo entero es una sola tormenta, agua y viento grises, imposibles, amenazando con arrastrarlo todo. Cuando ya es imposible no hacerlo me cubro con la gabardina, me pongo medias y zapatos, me cubro la cabeza con un sombrero, me ajusto las gafas oscuras, demasiado grandes, y salgo a enfrentar la borrasca.

Parece que el cielo sigue estando azul y que el aire es limpio y frío, pero el ciclón desatado por el pánico se expande y arrecia y no me perdona. Apenas consigo avanzar, con todo el cuerpo inclinado hacia delante, luchando contra ese viento imaginario (sin mirar las caras de los otros, de los tenderos, de los vecinos, de los negros, de los árabes, esos ojos que me buscan y que me encuentran, que me hacen verme desde afuera, en toda mi ridiculez, cubierto así a pesar del sol, temblando como un loco excéntrico).

Comida, medicinas, agua, jabones. Temblando, trastabillando, sin mirar los precios, sin enfrentarme a la mirada de la rumana. Y de regreso de la tormenta, exhausto y confundido, sin una hermana que me escuche desde el más allá ni una mamá que me reciba en su seno pero protegido en la luz artificial del apartamento, es otra vez la certeza de los objetos la que consigue salvarme. Sus contornos, separando lo sólido del aire.

*

Estoy todo el tiempo tendido en el suelo, para evitar el mareo.

A veces consigo trastabillar de un cuarto al otro como un borracho, recostándome en las paredes, creyendo que el vendaval puede arrancarlas, recostándome contra un mueble, acabando siempre acostado, creyendo que ese viento que no existe puede sacarme volando por una ventana. Estoy acostado en medio de la cocina, con los ojos cerrados, cuando, desde ninguna parte, sin ningún síntoma previo, al quinto día aparece por fin la claridad. La comprensión absoluta de estar a punto de superar la última de las pruebas. Cuando lo entiendo siento que algo de calidez le queda a mi cuerpo y al mismo tiempo creo que el viento ha empezado a amainar. En la calle hay otra vez sol y juegan los niños y por fin creo que hay una razón para tanto dolor. Esta, la última de las pruebas, me ha sido impuesta para poner a prueba mi determinación, para medir mi fuerza contra esa ventisca y permitirme así demostrarle (al mundo, a mí mismo) que sigo vivo y que soy digno del martirio.

*

Como y bebo. Corro las cortinas y abro las ventanas. Evito mirarme en los espejos. Consigo no imaginar mi propia voz, antes de irme a dormir.

*

118

El reencuentro, no puede ser de otra manera, sucede en la cama.

A las nueve de la noche timbraron y no temblé cuando caminé hasta la puerta, cuando la vi a través de la mirilla y sentí que algo se despertaba en mi entrepierna. Supe lo que seguiría. Mi cuerpo, perfectamente preparado para cumplir con su deber. El suyo, desnudo, joven, lleno de vida. Su coño como un animalito despierto, otra vez buscándome, caprichoso como su dueña. Y así fue. Hubo cuerpo desnudo y lleno de vida, hubo animalito despierto y yo cumplí con mi deber, pero todo eso fue solo el vehículo de algo más. Del vértigo, del grito que el vértigo produjo. De la conciencia, deliciosa, inabarcable, de que tanto placer podía hacerme desaparecer. Penetrándola fui cayendo al vacío y sentí que la cabeza me iba a explotar y que los pulmones no aguantarían. Creí que miraba a los costados y que no había nada, que miraba abajo y tampoco, que no estaba en ninguna parte o estaba cayendo en un silencio absoluto más allá de los planetas. Y me dejé morir así. Imaginé que gritaba más fuerte, ya desde el otro lado, pero cuando abrí los ojos seguía mudo y aquí, en mi cuarto. La cama estaba en su sitio y había ruido de carros del otro lado de la ventana. Y sonriendo, sentada a horcajadas sobre mis muslos, mirándome con una mezcla de desprecio y de burla (esa forma suprema de su amor), estaba también la bella Irina.

*

De dos maneras puedo justificar sus ganas de volver. La primera es que es demasiado joven, demasiado guapa, y que no tiene nada más que hacer, y que mi soledad y lo pesado de mi deber me han hecho débil y vulnerable. Que la deseo y ella quiere jugar conmigo, y nada más. Pero hay algo más, algo muy vulnerable, enterrado en su cuerpo. Y es esa debilidad (que es también un misterio sin solución) la que me ha hecho mirarla al principio, desearla después, querer estar todos los días y todas las noches cerca de ella (y tocarla y penetrarla y en mi cabeza también matarla). Es solo eso lo que me tiene ahí. Su silencio, que se parece tanto a una tristeza anterior a ella misma, anterior a la república y anterior también a todas las batallas de Europa.

Acabado el sexo, mirando el cielorraso, me digo que ha valido la pena. Tanto como para aguantar todas las penitencias y como para arriesgarme a abrir los ojos y encontrarme en un camino que ya se haya bifurcado en el pasado y que me haya alejado irremediablemente de un destino necesario y glorioso. Me juro que la acompañaré siempre, hasta que el cuerpo me lo permita.

*

Me dice que no son nada de eso que le pregunto. Que no son narcotraficantes ni inmigrantes ilegales. Que no son paraguayos, tampoco. Me dice que cree que su padre es brasilero, que tal vez llegó del Brasil al Paraguay. Ella no sabe si están muy lejos un país

120

del otro, no sabe si comparten alguna frontera. Nunca se lo ha preguntado al padre ni se lo va a preguntar. La madre nació en un pueblo llamado Naranjal y murió cuando ella tenía dos años. Y eso es todo lo que sabe. Y no quiere hablar más. Finge aburrirse y bosteza y me dice que tiene hambre.

*

Las palabras escogidas en la prensa de este domingo son:
Defensa.
Silencio.
Ira.

*

Me gusta, por supuesto, que me vean con ella. Sobre todo los negros y los árabes y los sudamericanos. Ella parece complacida con mi recién adquirida seguridad, así es que en la calle me devuelve los gestos cariñosos con otros iguales y a pesar de mis reticencias insiste cada noche, después de los restaurantes y de una botella de vino, en llevarme a la cama.

Por las tardes caminamos por las riberas del río, miramos las vitrinas iluminadas, nos apretamos mucho el uno contra el otro para aguantar la llovizna.

Pasadas dos semanas, como si se tratara de un sueño largo que está a punto de acabarse, se viene a vivir conmigo. Trae solamente cuatro mudas de ropa, sus joyas de gitana y sus ahorros, que guarda debajo

121

de mi cama como si fuera la suya. No quiero saber qué piensan sus hermanos de la mudanza, qué piensa su padre. No parece querer contármelo ni me pregunta por lo que hay en los cuartos siempre cerrados con llave, en el estudio, en tu cuarto.

*

No le importa la religión, dice.

Y tampoco parece interesada en la república. Ni en los orígenes de su familia. Ni en la política. Ni en la historia. Ni en la economía. Nada que le exija a su cerebro una abstracción. Nada más allá de su cuerpo ágil, musculoso, moreno, que con igual facilidad puede, como los de sus parientes, robar o traficar o fornicar. No le creo. Le digo que no le creo. Nadie puede aguantar la vida sin creer en nada.

*

Esta mañana me desperté a las nueve después de una noche en la que tuve que penetrarla tres veces, forzándome así a tomar tres miligramos de Clonazepam para domar la excitación y poder dormir. Abrí los ojos mirando el clóset, con la boca pastosa, sintiendo demasiado calor. Cuando me di la vuelta, entendí que se había ido. No fue necesario mirar el baño ni la cocina. Me había abandonado sin dejar rastro alguno.

*

Han pasado dos días y estoy tan desesperado por verla que anoche no dormí, a pesar del Clonazepam. Hoy no comí ni me vestí. Una escena en la que ella besa a otro hombre mucho mejor que yo, en la que deja que él le meta la lengua en la boca y una mano entre las nalgas, se repite en mi cabeza, sin pausas, cada vez con más detalles, una y otra vez, hasta que empiezo a gritar en voz alta. Irina se ha ido, pero ha dejado en las sábanas el olor de su jabón, de su sudor, de su coño.

*

Sin haberme lavado los dientes, sin haberme puesto calzoncillos, detestando más que nunca a todos mis vecinos (negros, chinos, árabes, indios, sudamericanos), salgo a la calle. Golpeo la puerta de su apartamento con la mano abierta, sin tener siquiera una frase preparada por si adentro está uno de los hombres. Nada. La busco en la calle y en las mesas del café. Me voy en metro al Parc de LV, a los Jardins DE, a la academia de secretariado. Nada. Me asomo a los antros de shawarma y de falafel y de pollos al curry y de ese arroz chino que no puedo ni oler y que a ella le gusta tanto. Ni rastro. Tal vez ha sido descubierta por sus hermanos, tal vez los sudamericanos son como los árabes y como los negros y la han matado a golpes en nombre del honor de la familia y la han tirado a un basurero.

*

Paso tres días andando por calles de todos los distritos menos el M y el P, sin detenerme nunca. Setenta y dos horas contadas, convencido de que así la voy a encontrar pero sabiendo que no, que ese método (el dolor en los pies y en las rodillas, el hambre, el sueño, la cara de loco) es más bien un castigo merecido por haberla dejado ir, por no haberla cuidado, por no haberme asegurado de que no nos pudiera pasar algo así.

*

A las tres de la tarde del sexto día, como si nunca se hubiera ido, regresa. Me encuentra desnutrido, enfermo, atiborrado de píldoras, al borde de la muerte. No le pido ninguna explicación. No me pregunta por los motivos que me han llevado a estar como estoy, pero se dedica a limpiar el apartamento mejor de lo que limpiaba el suyo, a alimentarme, a consentirme la cabeza en la cama para que duerma bien todas las noches.

*

Y así parecemos felices, de nuevo.

Más felices, si es posible. Yo sigo trabajando. Me hago cargo de la limpieza del apartamento y de la precisa distribución del tiempo, como debe ser. Ella se aburre como siempre, me cocina y, a falta de televisor, mira videos de música para adolescentes en su teléfono celular (canciones en las que siempre hay una mujer como ella: morena, curtida en la calle, vestida como un pandillero negro, gritándole a la cámara toda su frustración por vivir entre caníbales).

Entregado a ese impulso suicida del deseo (no pudiendo pensar en algo que no sea su coño, la suave curva que lleva a su ombligo, sus muslos fuertes, su culo terso), entregado a esa autodestrucción a la que me arrastra, le cuento toda la verdad. Quién soy. Lo que hago. Mi hermana muerta prematuramente. Mi madre ida mucho antes por su propia voluntad. Le hablo incluso de papá, quien, aparte de engendrarme y de abandonarme para hacerme más fuerte, no hizo nada por mí.

La dejo ver todos mis miedos, mis flancos débiles, la compleja y turbulenta personalidad de este héroe de nuestro tiempo: sus traumas, sus debilidades, sus problemas para socializar, su soledad. Le hablo también de cómo el héroe está perdiendo el control y de cómo depende cada vez más de su amante jovencísima (de su cuerpo y sus olores, pero también de su tristeza y del misterio encerrado en esa tristeza y de su inteligencia y su ignorancia y su falta de curiosidad).

La dejo ver, en suma, quién soy: un hombre seguro de sus principios, de su visión privilegiada de la historia transcurrida y de la que vendrá, pero también uno asustado de sí mismo, de las formas extremas que pueden adquirir los rituales de la autodestrucción, de la manera en que mira a las mujeres, de cómo su propia fortaleza física, en apariencia insignificante, puede salirse de control y destrozar otros cuerpos menos resueltos.

No le hablo de la granja ni de las artesanías.

Ya la sorprenderé cuando corresponda y la sorpresa será el mejor regalo que haya recibido nunca.

*

Por fin han traído los fertilizantes. Diez bultos de veinte kilogramos comprados en efectivo y con todos los permisos en regla, en un suburbio de L. Las bolsas son azules y tienen la imagen de lo que parece ser un cultivo de trigo en amarillo sobre un fondo rojo, como si se tratara de la última de las cosechas, la del final de los tiempos.

Trabajo hasta el atardecer, disfrutando del aire tibio que entra por los postigos al fin abiertos, disfrutando del olor a estiércol de caballo y a heno seco. He llevado agua embotellada y pasta fría y tomates secos metidos en un recipiente plástico. Atorado por la posibilidad de llorar, siempre latente desde que me confesé con Irina, a la una en punto trago y bebo muy despacio, sentado en el trozo de tronco que está frente al cultivo. Miro ese paisaje glorioso de la vieja república, ondulado, discreto, testigo de la historia pasada y de la que vendrá, y las ganas de llorar se hacen insoportables.

Cuando acabo de comer y estoy a punto de entrar al establo, sin proponérmelo, de repente, se me aparece el cuerpo de Irina. La veo muy nítida dentro de mi cabeza: desnuda, saliendo del baño, lista para entregarse con esa sonrisa de desprecio que tiene solo para mí, con las piernas ligeramente separadas dejándome ver su coño pequeño y rosado, el centro de todas mis debilidades. Y ya no puedo contener las lágrimas. Mirando el sol que se esconde en el horizonte lloro por Irina y lloro por mí, pero también por los dos, por lo que va a pasar cuando no estemos, cuando mi misión se haya cumplido.

Después, ya dentro del establo, sabiendo que afuera la labor está hecha, contemplo el orden: los fusibles y los cables perfectamente clasificados, los moldes para el yeso hueco, las bases, tres bolsas plásticas con el fertilizante reservado para el día final. Al hacerlo confirmo lo que ya sé. Soy la culminación de una cultura superior y a pesar de todas mis debilidades el camino a la gloria no se ha bifurcado. El premio máximo todavía me espera, al final de la travesía.

*

En el camino de regreso al pueblo, ya sin poderme quitar de la boca una sonrisa que me durará dos días, prometo que cuando me muera le dejaré a Irina todo lo que tengo. Para que se aleje lo más que pueda de la pocilga en que se convertirá muy pronto nuestro barrio. Para que desaparezca. A las siete, sintiéndome muy ligero, como nuevo, me subo en el último tren que va a la ciudad. Por fin feliz, como si mi cuerpo fuera muy ligero, como si hubiera dejado de existir, imagino que afuera de la ventanilla están los surcos húmedos, negros, profundos, los grupos de árboles ancianos, los postes de madera delimitando la oscuridad.

*

Ha llegado la hora de explicártelo, aunque hace tiempo que hayas renunciado a mí. Tal vez ahora que lo grito aquí, en uno de los últimos compartimientos vacíos de mi diario, puedas oírme y decidas, desde el más allá, manifestarte de nuevo, no dejarme solo.

Lo que preparo en el establo de la granja son tres esculturas de yeso impermeabilizado. Todas representan ángeles. Ya lo dije antes, pero no quisiste escucharme.

La primera decorará la entrada del centro comunal-artístico del barrio AB3. Representará el cuerpo atlético y desnudo de un ángel tan joven y esbelto como los orientales que lo mirarán. Sonreirá, tendrá un dedo apuntando al cielo y las alas a medio abrir, como si se dispusiera a abandonar este mundo para irse a otro mucho mejor.

En la entrada del edificio más alto del suburbio árabe de DEF-I, sobre un pedestal de madera, habrá una que representa a un ángel sentado en un trono, como un Apolo afeitado, con la misma actitud soberbia y la misma furia en la mirada y el mismo pecho ancho del dios griego. Sonreirá sin miedo y sus alas estarán recogidas, como si se preparara para ponerse de pie y mostrarle al mundo de lo que es capaz.

La tercera se erguirá en una esquina de la Place du TN y representará a un ángel de rodillas, con un puño en el suelo y la espalda encorvada. Mirará al cielo con una mezcla de ira y desesperación, como si hubiera perdido la fe, como si quisiera pedirle cuentas al dios que lo ha puesto entre nosotros.

Las tres tendrán una superficie exterior de yeso cubierto de resina, con una estructura de rejillas de aluminio y puntillas y varillas de acero de un cuarto de pulgada por dentro, dándole forma al vacío central. El esfuerzo y la disciplina, al final, darán unos frutos más que perfectos, radiantes, y los habitantes del mundo, atónitos, no tendrán más remedio que admirarlos.

*

Debe tener cien años y seguramente se ha mantenido a punta de comer ajos y trozos de cabra. Es un oriental (¿Afganistán? ¿Paquistán? ¿Libia?). Oscuro, duro y seco como un palo, ojeroso, con una barba de tres días. Está sentado contra el muro de una fachada que tuvo mejor vida, de un edificio en el que vivieron familias decentes y ahora solo hay oscuros, drogadictos, estudiantes a los que les gusta revolcarse en ese barro.

El viejo intenta ponerse de pie y parece no existir la solidaridad entre los de su especie, porque nadie lo ayuda. Lo veo desde el final del andén, no me detengo, y cuando lo tengo a solo tres o cuatro pasos de distancia y me preparo para pasar la calle, vomita. Vomita durante todo el minuto que tarda el semáforo en cambiar.

¿Por qué tengo que verlo?

¿Voy yo a Bagdad o a Damasco a ensuciar el aire con mis ruidos y mis olores?

No.

*

He perdido la dignidad que me quedaba.

Lo sabe todo.

Se lo he dicho esta mañana, explicándole también lo que no entiende inmediatamente. Conoce los números y los códigos de acceso a mis tres cuentas bancarias, conoce los saldos. Sabe qué son los fondos de inversión y conoce cómo están distribuidas las acciones de mamá. Ha visto los documentos de propiedad del apartamento. El instinto de supervivencia me salva justo a tiempo y no le digo nada acerca de la granja.

Por la tarde, enceguecido, le he comprado un anillo de diamantes. Uno real. Treinta mil euros cargados a una tarjeta de crédito que nunca antes he usado. A cambio me excita tanto, sentada en el sofá con las piernas muy abiertas y vistiendo solamente el anillo, que consigo penetrarla por el culo, de pie los dos, apoyadas sus teticas en la mesa del comedor, gimiendo como la actriz de una película pornográfica que esta vez sí consigue excitarme, más que nunca.

*

Hoy nos encontramos en la calle con su padre y con su hermano mayor. Visto de cerca el hermano es más alto y más blanco y más fornido que de lejos, y tiene una ligera cojera que lo hace peor. El padre en cambio es idéntico al que caminó y habló, antes de la desconexión, en el espacio aséptico de la pantalla de

130

mi computador. Sucio, gordo, de ojos muy pequeños y barriga muy grande, con la barba a medio crecer.

Aparecen sin previo aviso, saliendo de una esquina, poco antes de la rotonda de BR. Nos separan cinco metros de frío y humedad cuando se detienen. Irina, no sé desde cuándo y eso me distrae y me confunde, está apretándome la mano derecha con la suya pequeñísima y fría. Como recordándome lo que me ha pedido antes, esa misma mañana: que en caso de encontrárnoslos no los ataque (creyendo que soy el depredador, siendo en realidad la presa).

Dejan de hablar al vernos. Solo respiran. Pequeñas nubes de vapor salen de sus fosas nasales y me recuerdan que son animales, músculos y huesos, casi caballos en ese frío del invierno. Irina me aprieta los dedos un poco más y no puedo verla pero por fin lo entiendo: está disfrutando de ese momento porque me ha mentido y desde el principio sabe que yo soy la presa, que soy un blanquito blando y torpe enfrentando a dos animales hechos para la cacería.

Una corriente química sube entonces desde mi mano apretada por la suya hasta mis pulmones y entiendo, como si fuera un héroe verdadero, que la vida también puede ser eso que es para Irina, un juego que es mucho mejor cuando acaba mal. Solo por darle gusto, para dejarla saber que también puedo reírme de la muerte, los miro a los ojos. Suelto la mano de Irina, doy un paso adelante y levanto la quijada como debe hacerse.

Ellos solo se ríen de mi pose de caricatura y concentran la mirada en el cuerpo de Irina, mirándola de arriba abajo, diciéndole puta sin necesidad de abrir la boca. El mayor escupe en el suelo y el padre aplaude en medio del silencio del invierno, una palmada fuertísima que retumba en la humedad, y algo en mí tiembla por un instante, un temblor casi imposible de ver pero visible para ellos, que ahora se ríen en voz alta. Espero el ataque y aunque el pánico me dice que cierre los ojos, consigo no hacerlo.

Para mi sorpresa las bestias no están de humor para una pelea o han entendido que enfrentarme solo haría que Irina me quisiera más, levándome del suelo para curar mis heridas y seguramente también gritando teatralmente que me dejen en paz, que no me maten, como si estuviéramos todos en una calle de Sudamérica. Se compadecen, las bestias. Y habiendo escupido y habiendo aplaudido pasan al lado nuestro, ya sin mirarnos, y se alejan.

Yo todavía estoy muy quieto, mirando al frente, cuando siento el abrazo de Irina por la espalda. Sé que no está cerrando los ojos, que no me admira ni se siente protegida ni salvada a mi lado, que no quiere recostarse en mis hombros, pero ese abrazo es solo para mí, para crear un efecto en mis sentidos siempre impresionables, y eso es más que suficiente.

*

En lugar de masturbarme o de chuparme, anoche se tendió sola en el canapé de mamá a mirar el cielorraso con manchas de humedad. El perro que soy no la pudo dejar en paz. Me senté a su lado para consen-

132

tirle la cabeza, creyendo que eso la haría feliz. Y fue ahí, así, sin previo aviso, ablandada o no por mi cariño, como empezó a hablarme de sí misma. Había nacido en una aldea con barro, plátanos y culebras. Su padre había huido a Europa en un barco mercante cuando ella tenía tres años, después de haber herido a otro hombre con un machete en una pelea de borrachos. Su madre había muerto tres semanas después, dejándoles con la abuela el dinero suficiente para que se fueran a buscar al padre. No dijo nada de lo que había pasado en los catorce años siguientes.

Se quedó callada varios minutos, y antes de que hablara de nuevo supe que lo que seguiría sería algo tan terrible que lamentaría haberlo oído. En un tono demasiado neutro, casi artificial, como si la voz le estuviera saliendo de unos pulmones que no controlara a voluntad, dijo que su padre la había violado. Tres veces. La primera cuando tenía trece años, borracho y después de darle a probar un trago dulzón. La segunda a los quince, borracho, amenazándola con un cuchillo de cocina. La tercera hacía seis meses, sin necesidad de emborracharla o de amenazarla.

Hizo otro silencio, más largo, que me encogió las tripas. Después, como si hicieran parte de la misma historia, quiso hablarme de sus amantes. No la dejé. La abracé. Se soltó. Me dio la espalda. Yo me fui al estudio para ver las grabaciones editadas de su cuerpo desnudo en mi pantalla, llorando por ella, como si ya estuviera muerta. Cuando regresé estaba borracha y lo suficientemente débil como para dejar que la lleva-

ra a cenar a un restaurante para nuevos ricos en la
Avenue MP.

*

La oficina figura en un directorio especializado
de internet como «Empresa de seguridad confidencial
y detectives privados a su servicio». El dueño, como
salido de una mala comedia de detectives, es un normando muy bajo, con cara de boxeador, expolicía.
Sin hacerme hablar demasiado entiende para qué lo
busco y me pone en contacto con el ejecutor. El ejecutor es un tipo flaquísimo, muy tímido, como un
adolescente triste, con la cara cubierta de granos.
Nunca nos mira a los ojos mientras el normando le
explica la misión. Acepta. Cumple. Intercepta al gordo saliendo a medianoche de la estación de metro
LB. Le hace creer que tiene una pistola cuando le
hunde unas llaves en las costillas y lo hace sentar en el
asiento del copiloto de un carro pequeñísimo. Se lo
lleva amordazado y amarrado hasta un descampado a
una hora de la ciudad, llegando a KM. Ahí lo hace
arrodillarse y lo muele a golpes. Primero puños. Después patadas. Con un palo de golf que saca del carro,
varillazos a las costillas, también. Y al final, inspirado
como está, arriesga la vida del gordo y su paga golpeán-
dole con el palo el vientre, la cara, la cabeza. Cuando
acaba, como se lo he indicado, le dice en voz muy
baja, al oído, que eso le ha pasado por tocar a su hija.
Y que la próxima vez que lo haga el castigo será mucho peor.

*

Irina desaparece de nuevo y entiendo que esta vez el juego del escondite será distinto. Lleva dos noches ida y nada más levantarme me tomo dos cafés negros y dos Redbull y dos Seroxat, y me siento en el computador a revisar las traducciones como si nada estuviera pasando, diciéndome muchas veces que la vida sigue y que un destino lleno de gloria me espera con o sin ella.

Procuro no darme la vuelta para evitar mirar en dirección a la ventana de su apartamento, pero tengo que levantarme al baño y es entonces cuando noto que algo se mueve detrás de los vidrios. Corro escaleras abajo, con la cara hinchada por el somnífero y el cuerpo entero temblando por los estimulantes. Alcanzo a interceptarla cuando acaba de salir de su edificio.

Gritando como el loco en el que acabará convirtiéndome le pregunto en dónde ha pasado las últimas dos noches. Con una mueca de desprecio y mirándome la boca, me dice que en la casa de una secretaria graduada, muy cerca del hospital LPS.

Levanta la mirada hasta ponerla en mis ojos y sin que se lo pida, en una conmovedora demostración de amor y entrega, me lo explica. Tres días antes un borracho encontró al gordo, malherido, tendido en un descampado de LV. Tuvo que ser internado con una contusión grave en el cráneo y siete costillas y la clavícula rota.

Los ojos de Irina, hinchados ya por el llanto y

por el insomnio, no pueden retener las lágrimas. La abrazo, intenta zafarse, la abrazo más fuerte, intenta empujarme. Se da por vencida o lo finge muy bien. Llora en mi pecho y repite, como si se hubiera vuelto loca, que no es justo. No es justo, no es justo, no es justo, no es justo. Separa la mejilla de mi camisa y se aleja lo suficiente para golpearme el pecho. No es justo. Entre más lo repite, con más furia me golpea.

No sé si sabe que fui yo, o si lo intuye, o si en todo caso me culpa porque sí (por estar con ella y por tener dinero y por no haber hecho nada para defender al gordo del ataque). Le digo que sí, que tiene razón, que no es justo. Le ofrezco ayuda para lo que necesite y le propongo trasladar al padre al mejor de los hospitales privados. Me mira a los ojos muy fijamente y no me responde. No me besa. Se aleja dando largos pasos hacia la rotonda de BR, como si eso le sirviera de algo.

*

Pasan dos días y mi paciencia de acaba. Sé que está adentro y que está sola porque su hermano cuida al gordo en el hospital. Golpeo su puerta con todas mis fuerzas. Nada. Pasada una hora regreso y golpeo cada cinco minutos durante media hora hasta que por fin abre, Irina me da la espalda y tengo que seguirla hasta el cuarto.

Me siento en la cama que he visto tantas veces en la pantalla. Me mira de arriba abajo con los ojos hinchados y se quita la ropa como si yo no estuviera ahí.

136

Se sienta en el sillón desvencijado que hay a un lado de la cama y abre mucho las piernas. No se toca, solamente me mira fijamente a los ojos, odiándome.

Poco después de penetrarla, siendo quien soy, este héroe nuevo y sin escrúpulos, la alzo hasta la cama, todavía metido en ella, y la tiendo boca abajo y me estremezco cada vez con más fuerza, haciendo temblar su cuerpecito, haciéndola gritar de dolor pero también de un placer que me parece por primera vez auténtico.

Echa en un maletín rosado y sucio la poca ropa que todavía no está en mi apartamento y en completo silencio salimos al pasillo, bajamos las escaleras, le damos la vuelta a la manzana. Al llegar a nuestro apartamento dormimos la siesta, yo en el sofá, ella en mi cama.

*

Ya te he perdido perdón mil veces, de rodillas, en mi cabeza, y te lo pido aquí de nuevo. Podría hacerlo todas las horas de todos los días, con la cabeza baja, como en una misa infinita. Hasta el último suspiro, si así lo quieres. Por favor perdóname. Por ensuciar nuestro apartamento con los actos obscenos a los que me conduce Irina. Por ensuciar las páginas de este diario con las palabras requeridas para describir esos actos. Si me perdonas, si me acompañas desde el más allá, nada ni nadie podrá derrotarnos, te lo juro, y la anciana república volverá a ser de sus ciudadanos.

*

Es Navidad. Irina me pregunta por la fecha de las elecciones generales. Estamos en uno de los cafés que reúnen a jóvenes universitarios negros y árabes con blancos franceses bienintencionados. Todos comparten platos y bebidas, como si eso les diera puntos para ir al cielo. Muy pronto dejarán de preocupar a todos los demás, esos oscuros tan bien vestidos. Muy pronto serán arrasados por la fuerza de la historia, como todos los de su clase, y de sus cuerpos no quedará ni siquiera el recuerdo.

Irina y yo desentonamos en un sitio así, por supuesto, y tal vez por eso vamos a sentarnos allí cada vez con más frecuencia. Ella es una inmigrante real, recién llegada (menor de edad, pobre, de mal gusto, una bestia hipersexuada y delincuente). Yo soy un francés blando y demasiado limpio, afeitado, vestido como si tuviera treinta años más de los que tengo.

Me pregunta otra vez por la fecha de las elecciones generales, pero no sé qué responderle. Nos quedamos de nuevo en silencio, disfrutando del desprecio de todos los demás, que cada día nos hace más fuertes.

*

Me ha regalado un revólver. Brillante, nuevo, guardado en un estuche brillante de cuero negro. Inmediatamente después, en una caja envuelta en papel de regalo, una funda con cinturón terciado para el

138

pecho en la que encaja perfectamente la pistola (que es como las de las películas de vaqueros: con un barril de seis agujeros que da vueltas y un percutor y un seguro y un cañón corto pero grueso). Para terminar, saca de su cartera una pequeña caja de cartón en la que hay seis balas del calibre 38. Sonríe en voz alta al ver mi cara de sorpresa, me acaricia una mejilla y me hace meterlas en la pistola, como si quisiera que estrenara mi juguete nuevo.

No entiendo por qué me está dando una pistola. Está borracha otra vez, como siempre últimamente, y al dármela me pide que me ponga una de las camisetas de esqueleto que me regaló ayer, que me quite todo lo demás y me deje puestos solo los calzoncillos que me regaló antier. Todo con mi dinero, con mi tarjeta de crédito. Habiéndome disfrazado de modelo de ropa interior inverosímil (blando, blanquísimo, jorobado), me pone a desfilar. Finge sentirse atraída por mis hombros, por mis brazos, por la pistola en mi costado, colgando de las correas tensas. Yo le sigo el juego, como si no me sintiera ridículo, y la miro fijamente como si mi mirada pudiera causarle algún efecto, hasta que se me acerca, me mete su lengua de culebrita joven en la boca, se arrodilla y se mete mi verga todavía flácida en la boca hasta que ya no está flácida, y pronto consigue hacerme terminar.

*

Tiempo de hacer el inventario de las pruebas superadas con éxito para poder estar con mi niña:

139

– Celebración del Año Nuevo en el gran parque de los desfiles, viendo los fuegos artificiales y comiendo crepes.

– Tres cabalgatas en carruseles para niños, con foto de quince euros incluida.

– Dos escaladas a la torre con restaurante carísimo y ascensor oloroso a inmigrante.

– Once caminatas por las orillas empedradas del río.

– Cuatro filas nocturnas en los cines. Dos comedias románticas, una película de acción, una tragedia fallida.

– Restaurantes, todas las noches menos seis.

– Un juego de bolos en el centro comercial de SL.

Nada me hace más feliz que verla feliz.

*

Tres de los cuatro ángeles están lijados, pulidos, cubiertos con resina, montados en las bases de madera, con los pernos y las esferas de cristal en posición. Miro mi obra y me emociono hasta las lágrimas, inhalando después toda la humedad helada del campo como si fuera posible llevarla conmigo de vuelta a la ciudad.

*

La pistola está dañada.
He intentado dispararla en la granja, dirigiendo

el cañón a unos bultos de abono, pero el percutor no llega hasta la pólvora y las balas se quedan quietas en el barril. No hay manera de desatascarlo. Lo miro desde muy cerca, bajo la luz de una lámpara reservada para mis ángeles, y me doy cuenta de que el gatillo ha sido serrado para que no pueda hacer estallar la pólvora.

La pistola está dañada y eso solo puede querer decir que Irina no confía en mi criterio o en mi puntería, o que me ha armado solamente para poder burlarse de mí, o que prepara un plan perverso para asesinarme. Contemplo la última opción solamente para reírme de los alcances de una imaginación enfebrecida por demasiados años de encierro. Procuro olvidar la escena en la que me ha hecho creer que mi atractivo sexual aumenta estando desnudo y armado. Me digo que Irina no sabe que la pistola no funciona, que no puede saberlo, habiéndomela regalado precisamente para que la proteja del acecho de sus parientes.

*

Hoy me hizo tomar alcohol. Fue a las seis de la tarde, en el apartamento, sin motivo alguno. Sirvió dos vasitos de un pastís que compró sin mi aprobación. Puso uno encima del mesón de la cocina, al lado de los pimientos que yo estaba acabando de cortar, y en broma pero en serio me dijo que para cuando regresara del cuarto quería ver el vasito vacío. Nunca he tomado alcohol y ella lo sabe. Seguí cortando, como si nada. Regresó cinco minutos después habiéndose servido una segunda, más grande que la primera, y me abrazó por la espalda.

Pude imaginar su sonrisa amarga, envejecida, al lado de mi cara, y opté por darle un poco de atención. Dejé los pimientos a medio cortar, me lavé las manos, la seguí a la sala y le propuse que viéramos una de sus comedias románticas. Metí el disco en la ranura correspondiente y nos sentamos uno al lado del otro, como si tuviéramos setenta años y eso fuera todo lo que nos quedara en la vida.

Antes de que aparecieran las primeras imágenes levantó su vaso para brindar. *Por nosotros, por nuestro amor,* dijo, y me miró fijamente a los ojos, con esa mezcla de burla y desprecio que me tiene a sus pies. Me dije que el alcohol no podía ser tan malo, que tenía derecho a un poco de descanso antes de los últimos días, que en todo caso no estaba en condiciones de aguantar la posibilidad de Irina desaparecida de nuevo en la calle.

No me supo del todo mal. Mientras en la pantalla se sucedían situaciones ridículas, inverosímiles, mal actuadas, nada cómicas, Irina ingirió suficiente alcohol como para emborracharse. Tres cervezas y dos vasos de whisky, después del pastís. Me forzó a brindar tres veces y ya estaba yo empezando a beber el cuarto vasito de pastís cuando me lo dijo: que le gustaría poder querer a sus hermanos como quería a los suyos la rubia auténtica de la película. No quería a sus hermanos, dijo. Los detestaba y les tenía miedo. *Nunca podré quererlos,* soltó dramáticamente, con la voz a punto de quebrarse, mirándome a la cara pero también mirando a través de mí, más allá.

Preocupado por un ataque de histeria que podría acabar con ella otra vez desaparecida, le respondí que exageraba, que nadie temía a sus hermanos, ni siquiera las mujeres cubiertas con tapetes negros en el Este, y me pareció que era un buen chiste, pero ella no sonrió, me ignoró, como si no hubiera hablado, y le subió el volumen al televisor. Le dije entonces (siempre acabo pidiéndole clemencia sin motivo) que era un chiste, que no debía temer ni odiar a sus hermanos, que seguramente era un momento pasajero de la vida, que ya se acostumbrarían ellos a que nosotros estuviéramos viviendo juntos.

Se le aguaron los ojos. Me quedé desconcertado, no supe qué hacer y probé otro chiste, este acerca de lo idiota que era la película, acerca de lo idiotas que eran en general los norteamericanos, pero ella insistió. Con una tensión en la voz que no le conocía, susurró que sí se podía odiar a los hermanos, y se miró los nudillos como si le dolieran. Intenté pasarle un brazo por los hombros pero se quitó. Entonces, como si no pudiera guardárselo más tiempo (como si ese ritual del alcohol y del llanto y de la película fuera la antesala de esa frase), me dijo que yo lo sabía.

Tú sabes que sí se puede odiar a los hermanos, tú mejor que nadie. No supe a qué se refería. Mi única hermana eres tú, Eva mía, y siempre te he adorado. Le dije que no, que se tranquilizara, que todo estaría mejor, pero me empujó otra vez y me gritó que yo sabía muy bien de qué me estaba hablando porque lo había visto todo. Tenía los ojos desencajados por borrachera y sudaba profusamente. Me quedé en silencio, mirándola a los ojos lo mejor que pude, creyendo que al hacerlo podía parecer honestamente ignorante. Me puse de pie. Tomándola de la mano derecha intenté que se levantara ella también y al no conseguirlo le dije, muy cerca del oído, que se fuera a dormir, que mañana sería otro día, uno mejor.

Estaba más borracha de lo que parecía y me gritó que todos los blanquitos éramos iguales. Que dejara ya el miedo, que fuera un hombre. Y al decirlo se puso de pie y fue hasta la mesa y se tomó de un solo sorbo lo que quedaba del whisky y reventó el vaso contra el muro más largo del comedor. Inmediatamente después, sin darme tiempo de preparar la defensa, se me acercó dando tumbos, como si pesara más de lo que pesa (siendo ya los dos conscientes del derrumbe inminente de todo lo que conocíamos), llegó frente a mí y me gritó que era un cobarde, un blanco cobarde, un europeo de mierda, y yo intenté apretarle la mano que estaba levantando muy cerca de mi cara pero se soltó y empezó a punzarme el pecho con un dedo índice que parecía grande y afilado, cada vez con más fuerza.

Un blanquito, un marica, sin los pantalones para decir lo que piensa.

Un taimado.

Un pajero.

Un blanquito pajero.

Y entonces me empujó, perdí el equilibrio y acabé sentado en la mesita de roble de mamá. Como pude me levante y me acerqué a su cuerpo, inclinado el mío hacia delante, con las manos colgando a los costados y los puños cerrados y el ceño fruncido (como si fuera un orangután a punto de cargar), pero en lugar de atacarla como debí hacerlo, le grité con todas mis fuerzas que se calmara. Me disponía a agregar que me respetara, que era yo quien pagaba las cuentas, pero ella ya se me había lanzado encima otra vez y me tenía el pelo agarrado por la nuca como la peor de las borrachas sudamericanas y así me seguía gritando, con la boca casi pegada a mis ojos abiertos, y entones sentí verdadero pánico porque entendí que la rabia era contra sí misma, contra algo que escondía, contra una humillación de la que yo formaba parte sin saberlo.

Fue ahí cuando me escupió. Cerré los ojos. Regresé por un instante apenas perceptible al patio del colegio, a las golpizas recibidas, a los niños de los que no pudiste salvarme por estar muerta y enterrada. Me escupió en la cara y mi cuerpo consiguió por fin conectarse con su animalidad, con su ira, y la empujé con todas mis fueras y al empujarla dio tres pasos rápidos hacia atrás pero no se cayó y en cambio soltó una carcajada vidriosa, como de ultratumba, mientras me miraba de arriba abajo y escupía de nuevo, ahora en la mesa de mamá. Antes de que yo pudiera reaccionar embistió de nuevo, pero al hacerlo tropezó con un tapete y perdió el equilibrio y al caer se golpeó el antebrazo en la mesita y se lo miró y después me miró y yo le grité, como si fuera yo el adolorido, que se callara de una vez, que se tranquilizara y se sentara.

Me miró de arriba abajo y escupió una tercera vez. *Lo sabes todo, maricón, lo sabes todo pero no has tenido los huevos para mandarnos a la policía, lo sabes todo, pajero, y si me quieres desnuda aquí me tienes. Maricón.* Y entonces se rasgó la blusa y se bajó los pantalones y los tiró a un rincón y se bajó la tanga y pude ver la tersa mata del pelo entre sus piernas y así, con la ropa rota y las piernas separadas y los pezones más oscuros que nunca (esperando a que la violara alguien que no era yo), no me dejó más remedio que entenderlo todo, por fin.

Lo inverosímil de toda nuestra historia. Su cuerpo desnudo andando entre el salón y el comedor de su apartamento sin motivo alguno. La información precisa acerca de su soltería y de todos sus movimientos en la calle, entregada a la rumana de la tienda para que me la diera sin filtros. Lo inverosímil del encuentro fortuito en el parque y de las sonrisas coquetas en la tienda. La forma de desnudarse para que la penetrara, la primera vez. Las caricias y las bromas y los encuentros de novios inocentes, después. Y por supuesto las cámaras de repente cegadas. No podía ser pero era. Lo sabía todo. Desde el principio lo sabía todo. Intenté sentarme pero perdí el equilibrio.

3

Sentado en el suelo, dejé que gritara a pocos centímetros de mi cara y después más lejos. Dejé que, ya completamente fuera de control, repitiendo insultos y maldiciones, golpeándose el pecho desnudo, tirara la mesita del salón al suelo y rompiera tu florero. Dejé que chillara todo lo que quiso. Yo ya no estaba ahí. Les di la espalda a los gritos, a su cuerpo tambaleándose entre los muebles. Entré al baño e intenté mear pero el miedo no me dejó. Me lavé la cara sin mirarme al espejo.

Cuando salí se había quedado dormida en un tapete, con las dos manos bajo la mejilla y en la cara la sonrisa de una muerta. Sentado en el sofá como si fuera yo el borracho, oyéndola roncar, dos horas después por fin conseguí convencerme de que nada había pasado. Era solo mi paranoia. Un cruce inesperado entre los efectos secundarios de todas las pastillas y la intolerancia al alcohol. Nada había pasado, realmente. Irina demasiado borracha y nada más. Irina buscando cualquier insulto que tuviera a mano para humillarme. Era imposible que esos animales supieran algo de mí. Aunque hubieran encontrado los micrófonos y las cámaras, ¿cómo podían haberlos conducido a mí?

Dejé hervir agua con mucho té, me metí cinco miligramos de Xanax y veinte de Zyprexa y me bañé con agua helada antes de encerrarme con llave en el estudio para sentarme frente al computador. Estuve tres horas recorriendo los trozos relevantes del audio, comparándolos con las páginas de este diario para saber cuándo habían sucedido eventos dignos de atención en el apartamento de las bestias. Los localicé:

1) El padre había tocado a Irina.
2) Irina había conseguido un pretendiente.
3) Su hermano le había dado una paliza.
4) Su hermano se había ido preso.
5) Irina había conocido al Corso.
6) Desde la cárcel el Corso la había abandonado.
7) Irina se había venido a vivir conmigo.
8) Su padre había recibido una paliza profesional.
9) Las cámaras y los micrófonos se habían apagado.

Algo no estaba bien.

Intenté respirar profundo, echarles la culpa a las pastillas, a la paranoia, al alcohol, a la falta de sueño. Hablé en voz alta y me asusté más oyendo mi propia voz. Me di cachetadas para no ahogarme de miedo. Oí, una y otra vez, esos trozos relevantes, ocho o nue-

ve veces, hasta que por fin, temblando, a punto de as-
fixiarme, encontré la primera prueba.

El problema estaba en el audio de la supuesta paliza. Tuve que ponerme de pie, sintiendo ganas de
vomitar, tuve que caminar por el cuarto, mirando el
suelo, apretando mucho los puños y las mandíbulas.
Lo habían grabado. Lo que había estado oyendo con
el corazón en la mano, abatido por el destino de la
pobre Irina, eran solamente grabaciones.

Sin sentarme amplifiqué el sonido de esos segundos todo lo que pude. Más abajo, detrás del sonido,
se podía oír un susurro. Era Irina, era la voz de Irina,
riéndose, al mismo tiempo que la Irina pregrabada
gritaba como si su hermano la estuviera destrozando
contra las paredes.

Intenté encontrar más pruebas en los otros audios, pero aparte del hecho de que en cada situación
dramática el sonido perdía calidad y había algo remo-
tamente inconsistente entre las emociones que debían
estar sintiendo los personajes y en la intensidad con
que sus voces las expresaban, no encontré nada.

Me repetí (oyendo mi propia voz rota diciéndo-
lo, en voz alta) que eran solamente las pastillas y la
falta de sueño. Me dije, como encerrado en una pesadilla que no quería acabarse, que tal vez la risa que
oía al fondo, en la grabación de la paliza, no era la de
Irina: que venía de un televisor o de un radio encendido en la sala de alguno de sus vecinos.

Me dije que si hubieran querido engañarme no
habrían sido tan torpes como para poner una grabación de mala calidad contra los micrófonos, hablando

al mismo tiempo. Pero ya no me lo creía. Mi cuerpo entonces hizo lo que mi cabeza no podía. Sin que yo se lo pidiera se cargó de ira, de una ira desconocida, mucho más grande que yo, definitiva, una que agudizó mis sentidos como si me estuviera convirtiendo realmente en un animal acorralado.

Repasé todos los videos escogidos. El impacto me dobló de dolor. La jauría entera de lobos sudamericanos, con la bella Irina a la cabeza, por fin se había decidido a atacarme. Desde el principio, en mis narices, sin tomarse la molestia de hacerlo con cuidado, me habían estado engañando. Como si todo fuera una broma, como si lo que quisieran fuera ser descubiertos para reírse de mí.

Los tiempos superpuestos en la imagen, en pequeños números rojos en el rincón derecho de la grabación, no coincidían. Después de la paliza, dos minutos y cinco segundos después, Irina regresaba a la escena del cuarto con un pómulo y un ojo morados. Dos minutos y cinco segundos. Era fisiológicamente imposible que en ese lapso de tiempo se hinchara o se pusiera morada la piel.

Las imágenes en la pantalla mostraban ahora a Irina huyendo a su cuarto, maquillada como después de una paliza, a Irina tendiéndose en su cama, sollozando, casi aullando. Pero había algo forzado, artificial, en esos aullidos. Mis sentidos hiperexcitados encontraron entonces lo casi imposible de encontrar. Un brillo en la superficie plateada de la lámpara sobre la mesa.

Abrí el video en el programa de edición, hice

zoom y ahí estaban: eran las caras de dos personas más, de dos hombres, sus reflejos deformados por la superficie cóncava en la lámpara, pero lo suficientemente claros como para ver sus grandes sonrisas de pesadilla.

*

Me pasé tres horas más, hasta las once, oyendo secciones escogidas del audio con los auriculares puestos. Hasta que encontré la segunda prueba y ya no necesité más. Lo que me había sido presentado como una escena de sexo entre Irina y su invitado pedante era una grabación. Una mujer gemía, pero no era ella, no era su voz. Subí el volumen, eliminé las distorsiones y bajé la velocidad a un quinto. Era una película pornográfica. La mujer de la película gemía, pero Irina y sus hermanos no se han tomado la molestia de escoger una escena apropiada: se oían los bramidos del hombre y los griticos de la mujer en una voz que no podía ser la de Irina, pero además se oían, al fondo, casi imperceptibles, los gemidos de otra pareja en la que seguramente era la escena de una orgía, en un video reproducido muy cerca de los micrófonos.

*

Eran las 11.14 cuando acabé.
Irina seguía inconsciente.
La arrastré hasta mi cama y me tomé cincuenta

miligramos de Midazolam. Me acosté en el sofá. Me levanté a las cinco de la tarde. Ella ya se había ido. No supe si sabía ya que yo lo había descubierto todo (no supe si podía recordar sus gritos de la madrugada, sus insultos, su boca escupiéndome, mi cara de horror). Lavé toda su ropa y sus toallas y limpié la casa de sus olores, creyendo que ya no volvería.

A las once de la noche, mientras me torturaba viendo de nuevo todos los videos y oyendo todos los audios, uno por uno, desde el principio, entró con su propia llave, como si nada hubiera pasado. Vestía solamente una camiseta sin mangas, negra, cortísima, que dejaba ver sus hombros fuertes y la leve curva bajo su ombligo. Se había hecho una trenza y todavía tenía cara de resaca, de haber dormido menos de lo necesario. Traía un gran ramo de flores, gardenias mezcladas con ramas de eucalipto.

Cansada, delgadísima, pálida, parecía realmente ser nada más que esa adolescente inocente y perdida por culpa de la vida en la ciudad, no la mujer que había programado los detalles de mi destrucción. La vi a través de la puerta entreabierta del estudio. No se acercó a saludarme y muy pronto oí la ducha abierta y la imaginé desnuda, enjabonándose, intentando saber si yo ya era consciente del engaño.

Salió directo a la cocina. El hip-hop en francés de árabes llenó el aire mezclado con el olor de fríjoles con cerdo. Cerré la puerta del estudio, abrí las ventanas y me senté en el suelo con los ojos cerrados intentando concentrarme solamente en mi propia respiración. Cuando me llamó a cenar no respondí. Insistió, tocó a la puerta. Con la voz más normal de que fui capaz, sin abrir los ojos, le dije que ya había comido y le di las gracias. Mientras se alejaba por el corredor le grité además que durmiera, que yo iba a estar trabajando toda la noche.

Relajado, como si la inminencia del final trajera consigo la paz, me conecté al internet. Me dejé embrutecer por todo ese color y ese ruido, por el movimiento y la música y las palabras grabadas y habladas y escritas (y por los videos, siempre la mejor medicina: hombres y mujeres torpes cayéndose de todas las maneras; hombres y mujeres practicando deportes difíciles; hombres y mujeres cantando en concursos como si en eso les fuera la vida; hombres muy bronceados fornicando con mujeres ausentes).

Antes de la una de la mañana me quedé dormido en el escritorio, recostado en los antebrazos. Me despertó el ruido del teléfono. Eran casi las doce del mediodía, ella había salido muy temprano y ahora quería que almorzáramos en un restaurante turco para ricos en la Rue de C, cerca de la Ópera. Le dije que sí.

*

No recordaba lo que me había dicho o fingía muy bien no recordarlo. Me habló de su curso de secretariado, de la ropa que planeaba comprar esa misma tarde. La escuché con la sonrisa enternecida de quien mira a una hija traviesa. Pidió una botella de vino y me hizo tomar dos copas. Brindamos, con sonrisas que parecieron honestas.

A las tres, de regreso en el apartamento, me masturbó sin éxito hasta que tuve que quitarla delicadamente para poder salir. Le dije que durmiera, que ya la vería más tarde, y eché a caminar. Rue de C hasta B, B hasta FS-M, llegando a las puertas inmensas de la vieja estación de trenes de PE, y de regreso por el Boulevard S, y por la Rue M y por la FM hasta la colina de M.

Ya subido a la colina recorrí todas las callecitas y las escaleras y las veredas, sin poder dejar de mirar la iglesia y su extraña torre eslava, sabiéndome mareado y ahogado y perdido (ahí y en general, en el mundo, en un orden de las cosas que me era más ajeno y hostil que nunca). Al final, encontrada por accidente la Rue FM, agotado, me dispuse a dejarme llevar por el mismo camino de regreso, sabiendo ya que tenía demasiado miedo como para dibujar en el apartamento la forma recorrida o para averiguar el significado de los nombres de sus calles.

*

Irina ha dejado de buscarme para tener sexo. Cree que me he quedado impotente y sabe que no puede tener que ver con ella (ella sigue siendo igual de deseable, tal vez más ahora que se ha gastado mi dinero en comprarse ropa carísima, en hacerse un peinado de moda, en depilarse permanentemente las piernas y las cejas y parte del coño también). Yo la miro sin que se dé cuenta y la deseo y quisiera tener la fuerza de carácter como para olvidar lo que me ha hecho y lo que quiere hacerme, como para mirarla a los ojos sabiendo que me engaña y así, sin quitarle la mirada de encima, penetrarla muy despacio. Pero no soy así. Soy mucho menos que eso, soy uno que se avergüenza de las palabras «penetrar» y «coño», uno que en lugar de enfurecerse cuando se ve acorralado, se encierra y pierde el deseo de vivir.

*

La ciudad se ve distinta cuando sabes lo que pasará con ella.

A las 10.30, como todos los domingos, salgo a comprar el periódico. Salí, hace muchas horas, pero salgo ahora en el recuerdo. Me dispongo a salir, en estas palabras que son la realidad después de la realidad, la realidad purificada, decantada, perfecta.

Ya en la escalera creo ser capaz de sentir el escalofrío del tiempo sin tiempo que se acerca. Sintiéndolo, viéndolo tan claro en el presente, soy por fin capaz de aceptar que el tejido fragilísimo de la realidad se está acabando de deshacer y que soy yo quien se despide del mundo. Antes de abrir el portón puedo imaginar el vacío inmenso de la calle, las líneas rectas de distancia entre las personas, el ronroneo de los pocos carros perdidos en la lluvia. Cierro a mis espaldas y doy largos pasos inclinado contra el temporal.

Pasados cinco o seis minutos creo que estoy a punto de llegar y miro las rejas de los locales cerrados. No he avanzado más de dos calles. Estoy pasando frente a la boca del callejón oscuro que hay entre dos edificios que fueron de oficinas, cuando el viento desaparece. Mientras espero a que cambie el color del semáforo, sin mirar alrededor para no marearme, se va también la lluvia. Levanto la mirada y la soledad es absoluta. Como si la raza humana hubiera sido exterminada y solamente quedara yo. No hay un solo ruido. No puedo concentrarme en algo que no sea esa carga inmensa del cielo, todo ese peso gris a punto de caer encima del mundo para destrozarlo todo.

Cuando llego a la esquina reaparecen, como siguiendo la orden de un aplauso cósmico, el viento y la lluvia y las personas. Hay muchas, vestidas de negro, agrupadas en corrillos de cuatro o cinco. Parecen buitres, esperan en silencio bajo los aleros y los balcones, hasta donde se pierde la vista. Parecen estar buscando algo caído en el suelo o escuchando a uno que conspira. Pasando muy cerca de los primeros veo que son blancos y jóvenes y que no son del barrio. Hablan en voz muy baja, rápidamente.

A veces alguno se separa del racimo y maldice o implora al cielo gris y regresa. Ya llegando a la fachada del restaurante filipino lo entiendo: lo que están mirando son sus teléfonos celulares. A veces comparten una sola pantalla entre varios. Casi no puedo ver sus caras, los pocos gestos rígidos y asustados perdidos entre las sombras. Falta una cuadra muy larga para llegar a la caseta de los periódicos cuando un hombre en bicicleta aparece a mis espaldas y casi me toca. Siento el ruido de las ruedas y del cuerpo cortando el vacío, su silueta, esa ropa que se desplaza y me eriza los pelos de la nuca. Me quedo quieto, viendo cómo se aleja, hasta que desaparece en la siguiente esquina.

Creo entender que el cielo está a punto de caerme encima y camino más rápido, convencido de que podré mantener la calma si me concentro solamente en el ritmo de mis pasos, de mis piernas extendidas, de mis zapatos chapoteando en los charcos.

Muy a mi pesar, también puedo ver lo que me pasa por la cabeza, lo que me espera, dentro de pocos segundos: la cara hinchada del vendedor de periódicos, su mano tan rosada y tan frágil.

*

Doy tres pasos largos hasta detenerme frente al hueco que dejan las montañas de revistas. Espero. Cuando la mano me entrega el periódico, intuyendo lo que viene, contradigo la costumbre. Lo abro ahí mismo, de pie, y al leer las primeras palabras entiendo qué es lo que miran los grupos de buitres-hombres en sus teléfonos celulares y por qué el vendedor ni siquiera me ha saludado. Antenoche, en ataques coordinados, tres árabes sin barba abrieron fuego y explotaron sus propios cuerpos en tres cafés y en un restaurante, hiriendo a más de ochenta y matando a treinta y nueve. Otros tres explotaron entre la multitud que seguía al equipo nacional de fútbol pero solo consiguieron detener el partido, matar a un hincha y dejar sangrando a nueve. El último trío entró a una sala de conciertos llena y estuvo persiguiendo a la gente en el teatro y en el escenario y en las oficinas, durante cuarenta minutos, hasta mutilar a treinta y cinco, matar a ochenta y nueve y herir a más de doscientos.

Todo cobra sentido en la calle arrasada por el vendaval. Se me eriza la piel y ya no puedo contener más la primera de muchas lágrimas. La guerra, nuestra guerra tantas veces prometida, ha empezado por fin.

*

La escogencia de un símbolo, el terminado de los ángeles, las tres máquinas perfectas de mi despedida. No he estado equivocado en ninguno de los cálculos. El enemigo también ha apurado sus ajustes y la ciudad será el escenario en donde se marcará con sangre la diferencia entre el bien y el mal.

El último viaje a la granja está programado para las tres de la tarde, pero cuando me dispongo a servir el almuerzo llega Irina. Desaparece en el cuarto y es mejor así. Seguramente ya comió con los conspiradores. Cuando estoy acabando de lavar los platos me abraza por la espalda. Me seco las manos, me doy la vuelta y la veo: solamente tiene puesta ropa interior, de seda, nueva, y antes de que pueda quitarme el delantal ya me está llevando, como el perrito que soy, por el pasillo hasta entrar por la única puerta que no debería estar abierta.

La cerradura no está rota. No ha dejado ninguna marca. Irina ha entrado a tu cuarto y ha movido todos tus muebles. Ha cambiado las sábanas. Ha abierto las ventanas, ha llenado los clósets con su propia ropa y ha echado la tuya en bolsas de basura. Quiero castigarla, golpearla como se lo merece, echarla de la casa, pero ya está de rodillas, me ha bajado los pantalones y me está untando la verga con un ungüento que huele muy mal. No quiero. Después se pone de pie, me abre la boca con su lengua y me mete una pastilla minúscula. La pastilla se disuelve inmediatamente y creo que me ha envenenado, pero en vez de caer muerto tengo una erección dolorosa, incontrolable. Irina se tiende en tu cama, abre muchísimo las piernas y se masturba, sola, hasta acabar. Después se acerca andando en cuatro patas hasta quedar de rodillas. Se mete mi verga en la boca.

*

Mientras me baño decido posponer el último viaje.

No me iré antes de saberlo todo.

Por qué me han estado engañando.

Qué saben de mí.

Qué quieren.

Hasta dónde están dispuestos a llegar para arruinarme.

La oportunidad me llega antes de lo esperado, dos días después. En medio de una conversación, sin haberse acabado el plato de arroz con cordero, en la terraza de un restaurante árabe, Irina decide ir al baño para maquillarse. Me quedo solo en la terraza. Inmediatamente miro alrededor, agarro el bolso, saco el celular, lo meto en el bolsillo interior de la chaqueta, camino despacio hasta la esquina y me pierdo de su vista. Reaparezco cinco minutos después, sudando como solo yo sé hacerlo, temblando con total verosimilitud, y le digo que pasaron dos árabes corriendo y que se llevaron el bolso y que lo lanzaron al andén cuando los seguí. No lo duda. Me lo recibe, de repente desencajada. Antes de meter la mano para comprobarlo, sabe que el celular no está.

*

Se trata de matarme y de robármelo todo.
Es un plan simple, previsible, bien pensado.
Y funciona.

*

Está todo en el teléfono.

Desde el principio Irina sabía que yo la seguía y se lo había dicho a su hermano menor, quien no le había puesto atención. Varias semanas después Irina había descubierto las cámaras por accidente, cuando se disponía a limpiar. Entonces, con mucho cuidado, había desmontado una a una todas las cámaras y los micrófonos. Después les había mandado un mensaje de texto a los demás, en el que afirmaba estar convencida de que era yo, el vecino pervertido, quien las había puesto.

Sus argumentos parecían lógicos: las cámaras estaban en su cuarto y en el baño, no había ninguna en las zonas sociales ni en los cuartos de los hombres.

Era yo el intruso. El loco del edificio trasero, quien solo quería verla desnuda para masturbarse. El hermano menor había tomado la iniciativa. Podríamos matarlo a palos, afirmaba, pero podríamos también usar esa obsesión en contra suya.

Los demás habían insistido en que no podía ser yo. Para probar que estaba en lo cierto, el menor había tenido unos días después la idea brillante de fingir una paliza. Escribió que si, como él creía, era yo el mirón, reaccionaría inmediatamente. Había subestimado mi determinación. Cuando fue llevado preso, se habían dado cuenta de cuánto adoraba yo a la pequeña Irina: no solamente me estaba masturbando al verla, también había decidido sacarla de esa porqueriza a la que la tenían condenada.

*

De repente, entre los muchísimos mensajes, mis ojos se topan la palabra «granja». Temblando de miedo leo ese mensaje y todos los inmediatamente siguientes. Si me habían seguido hasta la granja no tendría más remedio que entregarles todo a cambio de nada (a cambio de la cárcel, seguramente).

No habían sido lo suficientemente inteligentes o habían decidido no saber más. En los mensajes estaba consignado que yo tenía una parcela de tierra con un establo que visitaba todos los martes a la misma hora. Y que ellos habían ido al pueblo un miércoles para averiguar con los vecinos si esa tierra era mía. Que los campesinos les habían respondido que sí. Y nada más.

Las palabras de los mensajes posteriores, en cambio, no dejan lugar a dudas, y ya es demasiado tarde para dejarse paralizar por el pánico. Habían entrado al apartamento en mi ausencia. Habían mirado todos los videos editados. Se habían llevado una copia para poder extorsionarme si llegaba un momento en el que la situación lo exigiera.

Al descubrirme, al ver en las filmaciones a su hermana desnuda, a su hermana meando, a su hermana tendida en la cama mirando el cielorraso, a su hermana quitándose la ropa para meterse a la ducha, me habían detestado más que nunca y se habían propuesto no solamente robarme sino además matarme.

Habían decidido que sería dentro de tres semanas. El último viernes del mes, a las nueve de la noche. Al ejecutar el plan Irina tendría que estar lejos, en un pueblo de la periferia. Debería volver cuando yo estuviera muerto. Lo tienen todo calculado: harán que parezca un robo que tendré que evitar con la pistola obstruida que ella me regaló.

Cuando intente hacerlo, cuando quiera disparar y no pueda, me asesinarán y se robarán las joyas y los electrodomésticos. Los verdaderos objetivos, claro, son el apartamento mismo, las cuentas y la granja. Serán suyos si Irina consigue (mediante el sexo y el alcohol y su mejor cara de niña indefensa) hacerme redactar un testamento.

*

164

Paso tres días en el establo. Doy los últimos cuidados a los surcos, deshierbo, fumigo, riego. Cuando ya no esté, una magnífica cosecha de vegetales le recordará al mundo (a los policías, a los periodistas, a los ciudadanos que vean la televisión) que la vida, la grandiosa vida de los campos en la anciana república, seguirá su camino sin o con los seres humanos.

No como, no bebo, no descanso, en esos tres días finales. Es una preparación para el sacrificio que me espera, pero también es un homenaje a todos los mártires del continente: se verán por televisión, la luminosa profundidad de mis surcos, las plantas creciendo dichosas, sus frutos.

Acabadas las labores agrícolas regreso a mis esculturas. Son perfectas o el ayuno y el cansancio las hacen ver así. Son tan perfectas que me hacen llorar imaginando mi destino heroico, tan parecido al suyo.

Antes de volver a la ciudad (limpio de toda suciedad, esperando solamente que me sea indicada la hora de mi muerte) riego de gasolina el establo y le prendo fuego. No me quedo a verlo. Lo imagino, en cambio, conmovido hasta las lágrimas, en el tren: las altas llamas, el atardecer, la más triste de las despedidas.

He dejado las esculturas listas en sus embalajes de madera envueltas en grandes bolsas plásticas, cada una con sus volantes, escondidas entre los cilindros de heno fresco.

*

No puedo despedirme de ti, Eva mía.

No soy digno de verte la cara, tampoco en estos sueños.

Ya sabrás perdonarme, cuando nos encontremos en el más allá y tengamos toda la eternidad a nuestra disposición.

*

Ha llegado vestida con un pantaloncito muy corto y muy ceñido, color verde, que deja ver la curva de los muslos juntándose en ese culo pequeño y duro. Abre con sus llaves, pasa frente al computador, va hasta mi chaqueta colgada en la percha y saca mi billetera y de ahí un billete de cincuenta euros. Sin abrir la boca, sin saludar, sin preguntarme nada.

Finjo que no me importa. Finjo que tengo hambre aunque son las once y media de la mañana. Me pongo en pie, saco de la nevera mantequilla, rebanadas de pan, queso de untar y jugo de naranja. Estoy preparándome el segundo desayuno del día cuando entra en la cocina y me dice que me mueva para que ella pueda sacar un cuchillo del cajón que está frente a mí.

Le digo que no puedo quitarme, que estoy tostando el pan. Me empuja pero yo regreso la cadera a donde estaba. No tengo paciencia para esto, me dice empujándome ahora con fuerza, abriendo el cajón violentamente y sacando un cuchillo de plata de los que recibieron mamá y papá el día de su matrimonio.

Me quedo concentrado en la tostadora. No la

miro. Cuando saltan las tostadas voy al baño. Porque quiero mear, sí, pero también porque quiero saber qué es lo que hace. Lo que hace es intentar sacar un tornillo de un chazo en el muro, haciéndolo girar con el cuchillo de plata, para poner a cambio una percha.

Cuando salgo le digo, en el tono monocorde que usan los maridos de muchos años, que le he repetido mil veces que no use los cubiertos para arreglar la casa, que para eso están las herramientas, que incluso una paraguaya medio analfabeta como ella puede entenderlo.

No me responde, sigue intentando darle vueltas al tornillo que no cede. Se lo repito: herramientas, Irina, herramientas. Me ignora pero debe ser la rabia la que la hace girar la muñeca con tanta fuerza que la punta del cuchillo se dobla y ella se da un golpe en los nudillos. Muy bien, le digo, ahora devuelve ese cuchillo a su lugar. Y entro al baño a no hacer nada.

Cuando salgo sigue intentando dar vuelta al tornillo, ahora con otro cuchillo, también de plata, también de mamá. Intenta provocarme y su esfuerzo me conmueve. Intento retribuirlo acercándome para quitarle, con una mano por una vez firme, ese cuchillo que no es suyo, que ni siquiera es mío.

No me deja agarrarlo, claro, y forcejeamos, y aprieto lo que creo que es el mango del cuchillo pero es el filo. Me corto la palma de la mano derecha y el cuchillo cae al suelo. Ella sabe lo que ha pasado pero no me mira. Está a punto de agacharse y lo que me mueve, con una fuerza mucho más grande que la mía, es la sorpresa y la rabia por el dolor, pero también el amor que le tengo y el odio por convertirme en eso en que me ha convertido.

Cierro la mano cortada y la aprieto en el pecho un instante antes de moverla de abajo hacia arriba. El golpe le rompe la nariz. Se me queda mirando sin moverse, acostumbrada como está a la violencia de un destino que acabará destrozándola como a todas las de su raza y su clase. No puedo creer que he sido capaz de hacer lo que acabo de hacer y levanto la mano, la acerco a mis ojos y lo que veo es un tajo muy profundo del que sale a borbotones una sangre demasiado espesa para ser real.

No me duele. Siento la patada que me ha dado en una rodilla y doy un paso hacia atrás y todo el amor que le tengo, esa fuerza que puede despedazarnos ahí, en ese instante, me lanza propulsado hacia delante y la tiro al piso y me siento en su estómago y empiezo a golpearla. Primero en la frente, pero al ver la sangre que sale de su nariz por el primer golpe, también ahí, y en las orejas cuando se voltea, y en la boca.

La sangre me excita, pero también la excita a ella, porque saca una fuerza que no puedo controlar, que parece venir del centro de sus tripas, y me tumba de costado y me da un golpe seco en la nuca con el candelabro de plata de mamá, y otro, y otro, en el cráneo, en el cuello, en la espalda, hasta que siento nítidamente cómo me ha descalabrado y más excitado todavía noto cómo la sangre baja por detrás de mi oreja, cómo está manchando la camisa, el pecho bajo la camisa.

Entonces, sin estar preparado, me llega todo el dolor. Un solo golpe de dolor: el de la mano cortada, el de la rodilla magullada, el de la cabeza rota. Y me lanzo sobre ella y me acerco mucho a su cara y me doy cuenta de que puedo ser más fuerte (más que ella y más que yo mismo) y así, extasiado por mi propio poder, sabiendo de repente que el final está muy cerca y que a nadie le importará ya lo que haga o deje de hacer, le muerdo la boca. Un mordisco seco, con toda la fuerza de mis mandíbulas, que le deja un tajo abierto sobre el labio superior.

Siento el sabor áspero de su sangre y me doy cuenta de que me acaba de escupir en la cara, un escupitajo de sangre y babas, pero que al mismo tiempo me está abrazando con sus muslos y ha bajado las manos por mi espalda y me aprieta. No me puedo controlar. Sin separar mi cara de la suya me bajo los pantalones y ella hace lo mismo y abre mucho las piernas sin quitarse las bragas y se arquea entera cuando la penetro.

Me mira fijamente a los ojos, con los suyos más negros y más vivos que nunca, rodeados de esa piel cubierta de sangre, y gime de placer pero también de dolor y de odio y de rabia (imagino que esa es su forma de decir perdón, de despedirse para siempre de mí, de mandarme con todo su amor a la muerte segura, y todo ese amor me excita mucho más).

Gime como un animal en el matadero pero sin cerrar los ojos, sin dejar de mirarme mientras me aprieta, mientras me agarra con las dos manos el pelo de la cabeza, mientras me lleva hacia su boca para que podamos compartir la sangre mezclada mirándonos fijamente, detestándonos, imaginando que nos comemos a mordiscos.

Terminamos al tiempo y cierro un segundo los ojos y cuando los abro veo que debajo de su mirada perdida de odio y de dolor, en sus ojos demasiado abiertos fijos en los míos, hay también algo parecido al miedo (miedo a su destino, pero también miedo al mío: al robo, a la humillación, a la muerte violenta que me espera).

Me quiere.

Las palabras aparecen, así, perfectamente claras, en mi cabeza.

Irina me quiere.

Cuando me dispongo a abrazarla parece entender que lo he entendido.

Me empuja y se larga, untada de mi sangre y de mi semen, para no tener que verme más.

*

A la mañana siguiente, después de una noche parecida a la muerte gracias al efecto combinado de mis tres somníferos favoritos, me decido a escribir este, el final, mi final a manos de los paraguayos, exactamente como sucederá.

La secuencia de las acciones es muy simple:

1) El padre de Irina me matará.

2) Yo los habré herido antes a él y a su hijo mayor.

3) Heridos, la policía los encontrará tarde o temprano.

4) La bella Irina será arrestada también, si los

policías son competentes, o pasará una vida clandestina y miserable en la vieja república, o una vida más miserable y menos clandestina en Paraguay. En todo caso me hará responsable de todas sus desgracias y tendrá la fortuna de ser, muy a su pesar, la heroína trágica de esta vida mía, entregada, desde mucho antes de conocerla, a la más noble de todas las causas.

Lo escribo entonces, aquí, de la mejor forma que puedo, para convencerme de lo fácil que será (de la absoluta autoridad moral que me ha sido concedida para poder superar el último escollo antes del final).

Así será entonces, dentro de muy poco:

La puerta del edificio se abrirá, cuatro pisos más abajo y en la penumbra del salón, alumbrado solamente por las luces de la calle, el hombre solitario del quinto piso (yo) oirá los primeros pasos y sentirá cómo se le erizan los pelos de la nuca, sabiendo como sabe que la decisión es colectiva y que ya ha sido tomada y que es inapelable.

Se quedará de pie tras la puerta (seguramente los intrusos habrán subido un piso entero mientras él procura concentrarse en los pasos para saber si los emisarios son solamente dos o más, si están armados. No podrá. Lo único que oirá será su propia respiración, que le recordará la de un mamífero pequeño, la de un roedor, muy rápida, muy corta).

El cuerpo entero se relajará cuando perciba que el ritmo de los pasos no se detiene ni una sola vez, que los hombres son dos y que no hablan entre ellos.

Será entonces, exactamente ahí, cuando entienda qué tan fácil será su última misión. La pistola lo estará esperando. Pesada, negra, real, cargada.

Al apretar el mango, oliendo el perfume de la mujer que no está, sentirá algo parecido a la dicha. Una dicha imposible de agarrar, una dicha brevísima en el contacto de la palma de su mano con el hierro, en el olor de la mujer en ese contacto y en el recuerdo, más breve todavía, del sabor de su boca ensangrentada.

Lo olvidará inmediatamente porque otra vez oirá el ruido de los pasos en la escalera. Se dirá que está listo, que podrá matar antes de morir. Que ese será su penúltimo regalo a la república. Se acercará de nuevo a la puerta y por fin tendrá el valor de abrirla, de asomar la cabeza a la oscuridad. Sentirá por última vez miedo al darse cuenta de que los pasos han cesado.

Tendrá la sensación de que ya están ahí: en el rellano de su nivel, en la oscuridad, a punto de arrancarle la cabeza. Creerá que la está salvando metiéndola en la penumbra de la sala y adentro apoyará la frente en la puerta cerrada mientras aprieta la pistola con las dos manos. Será entonces cuando oiga el chasquido eléctrico de las luces de la escalera.

Se apartará de la puerta, centrando toda la atención en sus propias piernas (en sus muslos, en sus nalgas contraídas), y pondrá el entrecejo en el agujero, sobre el lente minúsculo que le permitirá ver lo que pasa afuera. Lo único que verá será la luz intermitente y blanca marcando demasiado, como creándolos, el hierro en los contornos de la baranda, los azulejos de los escalones que van al ático, el artesonado sucio de los muros, un agujero oscuro en donde hubo un bombillo y ya no hay nada.

Serán los objetos, otra vez, como siempre, los que lo salven. Esos, los de la escalera, pero también los otros, los de adentro, separando lo sólido del vacío, lo cambiante de lo permanente: la puerta blanca, el cielorraso beige, la pistola negra. Agradeciendo la gracia de esos últimos segundos de lucidez, se sentará en el suelo y se recostará en una mesita que habrá dispuesto para protagonizar desde ahí la escena final.

Pondrá la espalda en el vacío bajo la mesita, con la última vértebra cubierta de carne y piel tocando el mango metálico del único cajón, que ya no se abrirá ni se cerrará más, todavía con la pistola apretada entre las manos. Verá, sin verlo, cómo la luz blanca de la escalera se apaga otra vez, y sin oírlos sabrá también que los pasos ya están muy cerca.

Cerrará los ojos. Las gotas de sudor se le meterán en los ojos y esa imagen, la de las pesadas gotas filtrándose a través de sus pestañas, se le mezclará en el centro del cráneo con la de las suelas de los zapatos que suben (seguramente botas, botas negras, seguramente muy limpias). Será como si tuviera en la mirada (en la de la imaginación) un lente amplificador y creerá poder ver las partículas de caucho negro de las suelas tocando los copos del polvo.

Acomodará mejor el culo y al sentir cómo su cuerpo recupera el centro de equilibrio, cómo sus pulmones dejan entrar el aire justo, tendrá una sola certeza (una más fuerte que la realidad, como enviada del cielo, absoluta pero liviana): le será permitido matar antes de morir. Abrirá los ojos e imaginará cómo se ve en ese momento, desde afuera. Por fin fuerte y resuelto. La cara, su cara demacrada por el insomnio, por el hambre y los dolores, sonreirá por primera vez en esa su última noche.

La salida está aquí, se dirá. En el barril sólido y a punto, apretado entre las palmas, en el martillo reparado y probado en la granja, en el cañón, en la yema del dedo índice sobre el gatillo, en las seis balas nuevas. La pistola, fría, sólida, negra, perfecta, podrá apuntar a la puerta y herir la pierna del primero de los emisarios, antes de que el segundo huya o entre para recibir la segunda bala. El único vecino, el escritor desequilibrado de la segunda planta, no oirá nada o lo oirá todo y se meterá bajo la cama temblando de miedo.

Será solo en esos segundos finales, cuando imagine al vecino de la segunda plata, que el héroe decidirá cambiar de planes. Entenderá entonces que le ha sido dada la opción de la perfección. El mundo entero, desde el lugar privilegiado de las pantallas de televisores y de computadores y de teléfonos, podrá asistir a la explosión final de la ira: a los muebles de su apartamento, a las lámparas, a las cortinas, a las manchas de sangre, a la puerta destrozada.

Nada se lo impide, se dice el hombre de la sexta planta, nada me lo impide: puedo darle la vuelta al cañón y convertirlo así en el instrumento definitivo de la liberación: puedo metérmelo en la boca, mirando a los ojos de los verdugos con una sonrisa más grande que el mundo entero, y puedo volarme los sesos, como lo haría un verdadero héroe trágico.

174

Veo a Irina una sola vez más.

Entra al apartamento muy borracha, dándose golpes contra los muebles. Cuando la oigo, salgo de la cama y enciendo la luz del salón, como si la que entrara fuera una hija descarriada. Miro sus heridas como antes había mirado las mías. Al hacerlo veo también sus ojos y sé que se ha emborrachada sola, que lo ha hecho con alcohol barato y en la barra de un bar oscuro: que ha entendido, por fin, lo que se viene.

Me ve parado bajo el vano de la puerta que lleva al cuarto y su cara se arruga en una mueca de dolor y se deja caer sobre el sofá. Grita entonces como un perro herido, con unos berridos que consiguen hacerme un nudo en la garganta. Camino unos pasos hasta tenerla otra vez enfrente, hasta poder verle la cara.

Se pone de pie.

Da tres tumbos hasta donde estoy.

Se deja caer sobre las rodillas, a dos metros de mis piernas, y se inclina todavía más, estirando las manos frente a la cabeza que ya toca el suelo y parece la de un oriental rezando. Gime, ahí, así, con la cara apoyada en las viejísimas franjas de madera. Me parece auténtico su dolor, y cuando por fin se levanta me mira como pidiéndome que le perdone la vida.

Lo dice: que la perdone. Que la perdone por todo. Y ahora gime, con la mirada en el suelo, con la boca hinchada muy cerrada, sorbiendo por la nariz morada, y me parece que los gemidos le salen directamente del estómago. Mi cara no muestra ninguna emoción, como si no supiera ni quisiera saber de qué me habla.

Desde su postración abre por fin la boca, a punto de ahogarse, y me lo grita. Que nos larguemos. Lo repite, más fuerte esta vez. Larguémonos. Todavía estamos a tiempo, mi amor. Vámonos. Esta noche. Ya mismo. Al campo, a un bosque. Al Paraguay, si es eso lo que quieres. A donde no puedan encontrarnos mis hermanos ni los vecinos ni nadie más.

Se me aguan los ojos, le extiendo una mano, la ayudo a ponerse de pie y la llevo hasta mi cama. Antes de caer rendida como si hubiera recibido una estocada me abraza por el cuello y suelta en mí todo su peso. Sintiendo esa respiración agitada lo imagino. Somos dos moribundos en medio del mar y ella cree que puedo salvarla. No sabe que lo único que quiero es llegar ahora mismo al fondo.

*

Muerto en el futuro y por lo tanto muerta también Irina, ahora no me queda más remedio que llevar a cabo las humildes labores que me han sido encomendadas. Me largo a la granja antes de que ella se levante y estoy dos días pintando la caja sellada del camioncito con el logo del Ministerio de Cultura: la bandera de la anciana república, a un lado el azul, al otro el rojo y en medio Marianne de perfil.

Saco de mi morral el frasco de las mermeladas de mamá lleno de papelitos con palabras. Sonrío sabiendo que es la última vez que lo hago. Pongo el frasco en la mesa de trabajo, cierro los ojos y meto una mano para sacar tres palabras al azar. Me parecen escogidas por una inteligencia superior:

Mañana.

Victoria.

Sol.

Hago los esténciles en cartón y me demoro muy pocos segundos pasando la brocha aceitosa, dejando que se sequen las nuevas palabras sobre la vieja bandera. Las leo. Me parecen mucho mejores que las de la vieja revolución, esas que definieron una república que está a punto de morir.

*

Hago rodar los tres pedestales de madera con las esculturas, rampa arriba hasta la caja del camión, y antes de cerrarla guardo también el empaque que contiene los volantes. La primera parada, a las cuatro de la tarde, es en el centro artístico-comunal del barrio AB3. Jóvenes árabes y negros socializan con niños franceses gracias a la ceguera de madres izquierdistas o drogadas.

En la amplia plazoleta empedrada que precede al edificio hay espacio suficiente. Tengo puesto un overol azul, guantes grises para trabajo pesado, una cachucha de visera grande, azul también, y gafas sin aumento. Debajo del overol llevo cinco capas de ropa y una barriga falsa. Parezco un trabajador obeso. Abro el camión, saco la rampa y dejo rodar la escultura del primer ángel.

La llevo hasta el mejor rincón, muy cerca de una jardinera grande. Bloqueo las rueditas con los frenos y me detengo a contemplar la que es sin duda mi obra maestra. El ángel-niño, apuntando al cielo con su dedo índice, queriendo volar sin poder, jalado por la gravedad y enterrado en el fango de este valle de lágrimas.

De regreso en el camión saco el primer paquete con los volantes, en los que solamente está impreso el signo definitivo, el final. Dejo más de trescientos en un ángulo de la base cuadrada, pisados con pequeñas piedras sacadas de mis surcos. A los estudiantes del centro cultural les da igual. Cierro las puertas del camión y me largo.

La segunda parada es en un edificio de apartamentos subsidiados en el suburbio árabe de DEF-I. Antes de bajarme me quito las gafas y el overol y todas las capas de ropa menos una. Llevo la escultura rodando en su plataforma hasta el límite de un antejardín sucio a unos treinta metros de los grupos de morenos. Es mi rey-ángel. Radiante, con el ceño fruncido, espera pacientemente a que se acerquen.

La tercera escultura se ve muy bien en el mercado de comidas africanas, dulces árabes y chocolate caliente que se instala en la Place du TN. La llevo rodando hasta el final de la fila de puestos. Ya atardece, pero la dejo bajo la farola más grande para que se pueda ver desde todos los puestos de comida. Se me acerca una vieja negra mientras su marido sigue pidiendo que los visitantes compren sus pollos con miel.

Mira la escultura con una sonrisa muy amplia y me pregunta con un acento terroso quién me ha enviado. Le explico que formo parte de un proyecto de socialización mediante el arte promovido por el Ministerio de Cultura en parques y plazas de la ciudad. Dice que es un ángel muy bonito. *Un poco de arte es todo lo que necesitamos*, dice también. Lo hace sin mirarme, como hablando sola, como hablándole al ángel.

Le doy la espalda y me alejo sin despedirme. Son exactamente las siete cuando regreso al camión para ponerme otro overol, esta vez negro. El mercado está lleno, hay grupos de gente de pie, frente a casi todos los puestos, tomando, fumando. Estudiantes, drogadictos, comunistas, inmigrantes de todos los colores. Algunos se acercan ya al ángel, comentan, miran el logo sin entenderlo.

*

Dejo el camioncito en la Rue C, a siete cuadras del edificio. Después paso por la oficina de correos y envío al periódico más grande de la república un sobre tamaño carta, con mi nombre y mi dirección en la parte de atrás. La noche es fresca, hay un ligero viento que arrastra el olor de ajo y canela y carne de pollo de las cocinas. Entro al restaurante hindú Bombay. Es uno de los favoritos de Irina. Pido un plato de verduras agridulces con yogur, ese pan pobre que los oscuros llaman naan, una botella de soda y otra de Coca-Cola.

Trago despacio, haciendo esfuerzos para no vomitar, intentando diluir los sabores con el gas de las bebidas. Los inmigrantes que se sientan en las otras

182

mesas me ignoran. Cuando acabo, pido la nota, pago, dejo una propina generosa, me despido del mesero hindú con una gran sonrisa y voy al retrete. Hay una ventanita que da al estrecho callejón trasero en el que parquean los camiones que abastecen los restaurantes. Me pongo la mascarilla de cirujano y la peluca rubia. Tiro el overol en el bote de la basura que hay al lado de la puerta, me paro sobre el retrete y me asomo a la ventanita para estar seguro de que el silencio afuera es total.

*

El camino desde el callejón hasta el edificio no es nada fácil. Llevo tres días sin tomar pastillas y ya sé perfectamente cómo acabará mi vida. Todas las caras parecen estar más cerca de lo que están, todos los ruidos y las voces parecen tener el mismo volumen, demasiado fuerte, y producen una cacofonía que me confunde y me nubla la vista. Me abro paso con mucha dificultad entre la gente que espera el bus. Cada tres pasos tengo que detenerme a respirar. Me recuesto en una fachada creyendo que ya no puedo más, que me voy a ahogar.

Me detengo, cierro los ojos, cuento hasta cinco y cuando los abro de nuevo me encuentro con dos hombres que me miran fijamente, muy serios. Están a tres o cuatro metros de distancia uno del otro y con mucha gente en medio, pero estoy seguro de que están juntos y de que lo saben todo. Echo a andar de nuevo, trastabillando, cada vez más rápido y más mareado, hasta que me tropiezo con una negra gorda que lleva toda la compra en un carrito de tela.

Las bolsas se abren y ruedan los vegetales y las latas. Cuando se agacha a recogerlos me mira de soslayo. Me dice (o creo que me lo dice, en voz bajísima, casi susurrando) que ya se encargará la policía de enseñarme modales. Echo a correr. Desde la esquina de la Rue de C y la Rue de F, antes de cruzar la calle para llegar a la puerta del edificio, puedo ver a través de la penumbra de su tienda a la rumana. Son las siete y media y a esa hora la tienda no debería estar abierta y no deberían circular por los andenes viejas con carros de la compra y el paradero del bus debería estar desierto.

No puede ser, nada de eso puede ser pero no me queda más remedio que aceptar que es, que no estoy en una pesadilla, que está pasando y sigo ahí. Los ojos grandísimos y ojerosos de la rumana me miran y a pesar de la distancia y de la oscuridad es claro que se burlan de mí. Casi gimiendo, sintiendo que me ahogo, convencido de que la mirada de la rumana me persigue hasta el portón, consigo entrar al edificio y en la oscuridad absoluta subir de dos en dos los escalones temiendo que el corazón me falle antes de llegar.

*

Un instante antes de que suceda, sé que sucederá.
La luz de la escalera se enciende.
De pie frente a su puerta, quieto como un mani-

quí, con una bolsa de basura en la mano, está el escritor torvo. Lo veo poco antes de llegar a su rellano. Me mira sin saludarme. Sin hacer ningún gesto, como si realmente fuera un maniquí o una máquina. Consigo pasar frente a él sin mirarlo y subo de dos en dos los escalones hasta mi planta y cuando por fin estoy dándole vuelta a la llave, me llega su voz.

La lluvia derrite el yeso, está diciendo. No puede estarlo diciendo, es imposible que sepa algo, pero mientras pienso eso recuerdo las caras en el paradero, las palabras de la gorda en el andén, la mirada de la rumana en la oscuridad. La llave se atora y me tiemblan las manos y tengo mucho miedo. La frase se repite tres veces más y el volumen es cada vez mayor, como si el escritor estuviera caminando hacia mí: *la lluvia derrite el yeso*.

El ruido de algo que se quiebra retumba en el vacío. Creo que es la llave, pero está entera y en mis manos. En un instante pienso que es la puerta del escritor que se ha cerrado y que es la bolsa que ha sido lanzada al vacío y que es el cuerpo mismo del escritor, partido en dos. Cierro la puerta tras de mí y me apoyo en el muro del salón.

*

Voy directo a la ducha y me quedo bajo el agua helada veintisiete minutos. Salgo, me seco muy despacio y desnudo camino hasta el cuarto. Hay una hojita de papel rayado sobre la cama. Enciendo la lámpara de la mesa de noche. En letras redondas, infantiles,

185

escritas con esfero rojo, Irina me informa que está en el campo, en la casa de una amiga.

Cierra la carta con un «Te amo» y una carita sonriente y un corazón.

*

Ya solo me queda despedirme de ti, mamá.

Me hiciste así. Determinado, listo para anteponer el interés colectivo al individual. Generoso. Idealista. Valiente. No fue culpa tuya que naciera con un pene y que por eso padeciera la enfermedad común a los demás hombres del planeta (todos violadores, todos suicidas en potencia).

Haré lo que me fue encomendado por la república en ruinas y lo haré como un homenaje a ti y a la pequeña Eva. Me despido, mamá, aquí, en la intimidad y en el silencio del diario, pero también en el espíritu. Dentro de pocas horas nos encontraremos en el cielo de los justos siendo ya otros. Hasta pronto, mamá. Te lo perdono todo y espero que sepas perdonarme también. Espérame allá arriba, recíbeme de vuelta en tu seno, hazme creer que nunca nací.

*

Al tirar la carta de Irina a la basura sé que estoy salvado y que ya nada puede detenerme. La dicha no me cabe en el cuerpo. No puedo controlar la risa y así, sin vestirme, me fijo en cada detalle. Pongo el televisor inmenso que le regalé a Irina en la mesa de centro de la sala. Sirvo platitos con vegetales frescos (tomates diminutos, trozos muy largos de zanahoria, pepinos en rodajas, rúcula, lechuga, pimentón).

A las ocho en punto me recuesto en el sofá y sintonizo un canal de noticias. Están hablando de los índices económicos y entrevistando a un experto en política monetaria. Pasados cinco minutos exactos oigo el estruendo a través de las ventanas que he dejado abiertas. El pulso se me acelera y la sonrisa amenaza con convertirse en una carcajada. Me pongo de pie, apago todas las luces. Subo el volumen y solo tengo que esperar seis minutos más.

La transmisión normal se interrumpe y pasan a una cámara que tienen en la calle. Detrás de un periodista muy flaco hay humo y luces de sirenas policiales. Los presentadores del estudio intentan comunicarse con el periodista pero es imposible, no se oyen, lo último que se ve es cómo el periodista es empujado por un grupo de árabes que corren.

Sin sonido todavía el noticiero muestra lo que acaba de suceder en el centro comunal-artístico de AB3, tal y como ha sido captado en una cámara de seguridad. En mi pantalla de sesenta y cinco pulgadas, en altísima definición, en blanco y negro, el estallido hace saltar por los aires las frutas y las casetas que las contienen y a los fruteros que las venden. Veo trozos de cuerpos en el suelo y de repente el micrófono de la cámara funciona y lo único que se oye son gritos en varios idiomas y alarmas de carros.

La transmisión regresa a los presentadores en el estudio. Están diciendo que se sospecha del terrorismo islámico y que en el Ministerio del Interior han anunciado una declaración oficial que llegará en cosa de minutos. Hay más de diez segundos de silencio en los que ni los productores ni los camarógrafos saben qué hacer, en los que los presentadores están tan asustados que producen lástima.

Y entonces suena la segunda explosión. No puede ser, no la puedo oír a tantos kilómetros, pero la oigo. Pasan solo seis minutos y ya tienen a un reportero que está parado frente al lugar de los hechos. No sé cómo lo han hecho, cómo han llegado tan rápido al suburbio de DEF-I, por qué han tenido tanta suerte, pero el reportero ya está al aire, antes de que hayan llegado los policías y los socorristas, y se pone a un lado para que su camarógrafo haga un zoom.

La escena es digna de una guerra de Oriente. Hay un joven oscuro, con una capucha de pandillero, que se arrastra con las palmas de las manos en el suelo porque de las piernas han quedado solamente trozos envueltos en los pantalones hechos jirones. La cámara se mueve hacia la izquierda y muestra ahora a una mujer con velo musulmán y con los ojos muy abiertos. Desde lejos parece estar solamente asustada, pero el camarógrafo hace bien su trabajo y nos muestra la cara completamente quemada.

Más atrás, en las escalinatas del edificio, hay varios cuerpos, boca abajo, con la cara sobre el granito.

*

Cuando la tercera bomba estalla, la de la Place du TN, ya he apagado el televisor y me he acostado en mi cama, boca arriba, sintiendo que el cuerpo no me pesa ni me duele, como si estuviera por fin muerto. Puedo ver en mi cabeza las bocas de los oscuros gritando, el pánico desatado. Mientras lo hago huelo el perfume de Irina en la almohada. La imagino desnuda, sentada en la sillita verde, con las piernas muy abiertas, como ha estado tantas veces. La imagen me produce una ternura infinita. Me pregunto si ya ha visto las noticias en la televisión, si las verá antes de regresar a la ciudad. Si regresará. Si renunciará a todo y desaparecerá. Si intentará detener a sus parientes.

*

El diario *Le Monde* recibirá mañana copias de la despedida, en papel, con mi huella dactilar marcada en sangre a manera de firma. Pocas palabras, las indispensables: he hecho lo que he hecho y el futuro de la anciana república será luminoso ahora que por fin todos han empezado a despertar.

*

Habiendo cumplido con el deber, me queda solo lo conocido:

Ver por última vez la fachada plana del edificio de Irina, las ventanas ya para siempre oscuras.

Pasar por tu cuarto, Eva. Arrodillarme frente a tu

189

altar, besar nuestra fotografía, dejar que la garganta se me atore de nostalgia y de miedo y de dicha.

Recorrer despacio cada metro, tocando cuidadosamente las superficies de todos los objetos.

Sentarme en el suelo con las piernas cruzadas y la espalda tocando el cajón de la mesita, a cuatro metros de la puerta cerrada.

Apretar el mango frío de la pistola, dar las gracias por haber vivido y por estar a punto de no vivir más.

Escribirlo inmediatamente en el diario, abierto en el suelo, junto a mí: *apretar el mango frío de la pistola y dar las gracias...*

Sin buscarlo, recordar el humo negro que salió de la espalda incendiada de uno de los cuerpos en el suburbio de DEF-I y los gritos de una negra corriendo en la Place du TN y la cara de pánico del reportero televisivo.

Oír el chasquido de la luz que se enciende abajo, en el portón del edificio.

Ver cómo aparecen lentamente en mi conciencia los labios de Irina (más que una niña, casi un ángel, aquí, ahora, justo al final) y ver cómo desaparecen de nuevo.

Sonreír, yo también, y cerrar por fin los ojos.

Gracias a Andrea Mejía y a Lucas Ospina por la lectura voraz del manuscrito.

Todos los nombres, lugares y símbolos aquí incluidos son producto de la ficción. La estrella y el triángulo existen.